KB273230

죽은 집에 관한 기록

전건우
소설
01
한끼
Hän ki.

목차

심령현상 > 로즈 힐 빌라 > 목차

이 이야기는 김도형 씨가 남긴 일기, 이메일, 동영상, 메모, 인터넷에 게시한 글 등을 토대로 재구성했다. 또한 우리 쪽에서 촬영한 내용 역시 포함했다. 여전히 수많은 의문점을 지닌 이 이야기 속에서 나름의 결론을 내리려면 모든 걸 꼼꼼히 살펴볼 수밖에 없었다. 작품 속에 등장하는 건물과 사람의 이름은 모두 가명을 썼다. 해당 사건을 특정할 수 있는 구체적인 묘사 역시 최소한으로 줄였다. 이는 실제 벌어진 일을 그대로 전했을 때 예기치 못한 피해자가 생기거나 의도하지 않은 사건이 발생하는 것을 막으려는 의도이다. 이야기의 끝에 이르게 되면 이것이 어떤 의미인지 명확히 알 수 있을 것이다.

본격적으로 이야기를 풀어나가기 전, 우리가 김도

형 씨의 기록물을 손에 넣은 경위부터 설명하려 한다. 그래야 우리가 앞으로 '로즈 힐'이라 부를 '그 빌라'를 둘러싼 전후 사정을 조금 더 이해하기 쉬울 테니까.

김도형 씨와의 인연은 5년 전으로 거슬러 올라간다. 우리는 당시 '한국의 무속신앙'이라는 주제로 다큐멘터리를 기획하던 중이었다. 운 좋게도 정부 지원 사업에 프로젝트가 선정된 덕분에 제작비 걱정은 하지 않았다. 그것만이 아니었다. 무속인 섭외며 취재 같은 것도 일사천리로 진행되어 내부에서는 대박이 날 거라 은근히 기대하기도 했다. 문제는 촬영 직전에 터졌다. 메인 작가가 뇌출혈로 쓰러진 것이다. 다행히 일찍 발견해 목숨은 건졌지만 일을 계속하는 건 무리였다. 제작 일정 자체가 틀어질 수도 있는 상황이어서 우린 서둘러 새로운 작가를 찾아야 했다. 그때 만난 이가 바로 김도형 씨였다.

영화 시나리오, 그중에서도 호러와 스릴러 계열의 작업을 주로 했던 김도형 씨는 이렇다 할 히트작은 없었다. 그래도 글솜씨 자체가 무척 뛰어났고 성격도 서글서글해 우리에게는 좋은 대안이 되지 싶었다. 무엇보다 호러 영화 시나리오를 쓰면서 쌓아온 무속 관련 지식이 상당해 그 점도 도움이 될 거라 생각했다.

결론적으로 김도형 씨와의 협업은 성공적이었다. 다큐멘터리는 일정에 맞게 제작되었고 결과물도 나쁘지 않았다. 물론 흥행과는 거리가 멀었지만 무속신앙을 새롭게 조명했다는 평과 함께 몇몇 영화제에서 상을 받기도 했다.

이후에도 김도형 씨와는 몇 번 더 작업을 함께했다. 영세 제작사인 우리와의 협업이 금전적인 면에서 만족스럽지만은 않았겠지만 김도형 씨는 언제나 성실하게 맡은 일을 해줬다. 그러다가 김도형 씨가 영화 시나리오 작업에 열중하고 싶다는 뜻을 밝혀 작년부터는 각자의 길을 걷게 되었다. 그 역시 대표작이라 부를 만한 작품을 만들고 싶었던 것이다. 우리는 진심으로 김도형 씨의 성공을 빌어줬고 그렇게 인연은 마무리되는 듯했다.

일요일인 7월 27일, 그가 우리에게 도와달라는 내용의 이메일을 갑자기 보내오기 전까지는.

'도움이 필요합니다'
이메일 제목은 간단했다. 내용은 더 간단했다.

피디님. 이 영상 보고 연락해 주세요.

첨부파일 1개 · Zmail에서 검사함 ⓘ

MOV **0711_1.mov**

근 1년 만에 연락하면서 안부 인사 없이 덜렁 동영상 하나만 첨부하는 건 분명 김도형 씨답지 않은 행동이었다. 그랬기에 우린 동영상 내용이 더 궁금할 수밖에 없었다. 별다른 제목 없이 '0711_1.mov'라고만 되어 있는 동영상은 용량도 그리 크지 않았다. 그렇다는 건 동영상의 길이가 짧다는 뜻이었다. 회사의 공식 계정으로 온 메일이었고, 마침 우리는 다음 작품 기획을 위해 일요일인데도 거의 전 직원이 출근했기에 다 같이 둘러앉아 그 동영상을 확인하기로 했다.

"스팸 같은 건 아니겠죠?"

동영상을 내려받기 전, 직원 중 한 명이 그렇게 물었다. 혹시나 해 이메일 계정이 김도형 씨 것이 확실하다는 걸 거듭 확인한 후 다운로드를 눌렀다. 아무것도 모르던 그 시점에도 우리는 말로 설명할 수 없는 찜찜함을 느꼈고 그랬기에 동영상을 내려받는 그 시간 동안 누구 하나 입을 열지 않았다.

짧은 침묵 이후 컴퓨터 앞에 앉아 있던 누군가가 동영상을 불러내 플레이를 눌렀다.

그렇게 우리는 한 번도 경험해 보지 못한 어둠과 마주하게 되었다.

엘리베이터 문이 보인다. 카메라 앵글은 정확하게 문에 맞춰져 있다. 은회색 문 위에 '4'라는 숫자가 붙어 있다. 노출 콘크리트 공법으로 마감한 거친 질감의 벽은 세련된 분위기를 풍긴다. 복도는 밝다. 동시에 어둡다. 일몰 전의 깊고 진한 햇살이 카메라 앵글 바깥에 있는 창문으로 새어 들어와 복도를 밝히지만, 그 빛이 닿지 않는 공간에는 어둠이 도사리고 있다. 예를 들어 엘리베이터 문 바로 앞은 검은색으로 겹겹이 덧칠한 유화처럼 어둠이 쌓여 있다. 특정한 소리가 들리지는 않는다. 다만 정적의 틈 사이로 고오오, 하는 진동음이 울린다.

그 상태 그대로, 화면에는 1분가량 아무런 변화도 일어나지 않는다. 그러다가 1분 15초가 되었을 때 엘리베이터 문이 소리 없이 열린다. 벽에 붙은 패널에는 '1'이라고 표시될 뿐이다. 텅 빈 엘리베이터 내부는 불빛으로 환하다. 몇 초 후, 문이 닫힌다. 그러다가 누군가가 급히 열림 버튼을 누르기라도 한 것처럼 다시 열리며 속내를 드러낸다. 여전히 비어 있다. 엘리베이터는 문이 활짝 열린 채로 아무런 움직임이 없다. 다음 순간, 경고음이 울려 퍼진다. 날카롭고 단호하게.

삐.

삐.

삐.

엘리베이터 문은 계속해서 닫혔다가 열리기를 반복한다.

2분 10초짜리 영상은 그렇게 끝난다.

영상을 확인한 우리는 혼란에 빠졌다. 두 가지 의문점이 떠올랐다. 하나는 영상 내부의 의문점. 또 하나는 영상 외부의 의문점. 전자의 경우, 영상 속 엘리베이터는 여러모로 이상했다. 우선 패널에는 분명 1이라고 표시되는데 실제 엘리베이터의 문이 열린 건 4층이었다. 영상에 어떠한 조작도 없었다는 가정하에 따져보자면 먼저 생각할 수 있는 건 엘리베이터 고장이었다. 문이 계속 닫히고 열리고를 반복한 것도, 정원 초과 경고음이 울린 것도 고장이라고 한다면 이해하기 어려운 건 아니었다. 사실 그 외의 다른 가능성은 적어도 영상 안에서는 찾기 힘들었다.

우리가 더욱 큰 의문을 품었던 건 역시 영상 외부 부분이었다. 누가, 왜 이 영상을 찍었을까? 그걸 알 수 없었다. 정황상 김도형 씨가 찍은 듯했지만, 그렇다면 이걸 무슨 이유로 우리에게 보냈는지 그것도 알 수 없는 일이었다. 가장 이해할 만한 설명은 그와 우리의 관계, 그리고 지금껏 해온 작업으로 봤을 때 영상 속 현상이 미스터리 요소를 품고 있다는 건데….

결국 우리는 김도형 씨에게 직접 연락해 보기로 했다. 만약 우리와의 연락이 그의 주된 목적이었다면 일단은 성공한 셈이었다. 이메일에 답장할 수도 있었지만 그런 번거로운 절차를 거치기보다 김도형 씨에게 바로 전화하는 게 낫겠다고 판단했다. 그래서 피디 중 한 명이 김도형 씨에게 전화를 걸었고, 아래가 27일 일요일 오후의 통화 내용이다.

피디:　안녕하세요? 잘 지내셨죠?

도형:　아… 이렇게 연락을 주셔서 감사합니다.

피디:　꽤 오랜만이죠? 마지막으로 뵀던 게….

도형:　동영상, 보셨습니까?

피디:　아! 네네. 봤어요. 그러니까, 그게… 직접 찍으신 건가요?

도형:　제가 찍었어요. 직접 찍어서 보내드린 겁니다.

피디:　그렇군요. 음… 뭐라고 할까… 무척 흥미로운 영상이던데요.

도형:　그게 전부가 아닙니다! 더 있어요!

피디:　네?

도형:　많은 정보를 모았습니다. 하지만 혼자 힘으론 역부족입니다. 제발 도와주세요!

피디:　저희가 어떻게 도움을 드려야 할지….

도형:　여기로 와주세요. 직접 보시면 제가 무슨 말을 하
려는지 알 겁니다.

피디:　지금 간단하게라도 설명해 주는 건 힘드실까요?

도형:　이곳에, 이 빌라에 문제가 있습니다. 여기에 귀신
이 있다니까요!

피디:　네? 귀신이요?

도형:　제 말을 듣고 이해해 줄 사람은 여러분뿐입니다.
그러니 제발….

피디:　알겠어요. 일단 그곳이 어디인지 알려주세요.

도형:　문자로 여기 주소와 제가 사는 곳 현관 비밀번호
를 보내드리겠습니다.

피디:　아니… 비밀번호까진 굳이….

도형:　혹 제가 없어진다 해도 끝까지 파헤쳐 주십시오!
그럼.

통화는 다소 일방적으로 끝났다. 곧 피디의 휴대폰
으로 김도형 씨가 보낸 문자메시지가 도착했다. 거기

에는 '로즈 힐'이라는 빌라 이름과 주소, 그리고 김도형 씨의 집인 402호 현관 비밀번호가 있었다.

통화를 한 피디는 김도형 씨의 목소리가 시종일관 떨렸고, 말투도 너무 빨랐으며, 들숨과 날숨을 계속 반복하는 것이 몹시 불안정하게 들렸다고 했다. 그가 연기를 하는 게 아니라면 짧은 통화에도 숨길 수 없을 만큼 강한 불안감에 휩싸여 있다는 뜻이 된다. 우리가 아는바, 김도형 씨는 무척 친절하고 신뢰감을 주는 사람이었다. 중저음의 목소리는 안정감이 넘쳤으며 자신감에 차 있기도 했다. 아무리 어려운 부탁을 해도 재치 있는 말로 분위기를 푼 뒤 자연스레 받아들이는 그런 쪽이었다. 그랬기에 다짜고짜 보낸 이메일과 이상한 동영상, 거기에 부자연스러운 통화까지 종합해 우리는 김도형 씨가 정상적인 상태가 아니라는 결론을 내리게 되었다.

그렇다면 어떻게 해야 할까?

우리가 내린 결론은 김도형 씨를 걱정하는 마음과는 별개였다. 그즈음 우리 프로덕션은 새로운 프로젝트를 막 구상하고 계획하던 참이었다. 소재는 역시 오컬트로, 귀신이 출몰한다는 국내의 여러 흉가를 돌며 그 실체를 파헤치는 다큐멘터리였다. 조금만 흉흉해 보인다 싶으면 따라다니는 헛소문을 제외하고, 철저히 사실에 기반해 전국에서 손꼽히는 다섯 곳을 찾아냈다. 그리고 촬영을 어떻게 할지 구상하던 단계여서 인력을 빼기가 애매했다. 결국 고민 끝에 우리 쪽에서는 메인 피디 한 명과 작가 한 명, 그리고 카메라맨 한 명이 김도형 씨를 방문해 보기로 했다. 지금부터 메인 피디를 A, 작가를 B, 카메라맨을 C라고 부르겠다.

A는 회사에서 연차가 가장 오래된 피디로 김도형 씨와 친분이 두터웠다. B는 갓 입사한 신입이기는 하지만 이야기 구성 능력이 뛰어나고 무엇보다 오컬트 쪽 사연에 관심이 많아 동행하기로 했다. 마지막 C는 업계에서 능력을 인정받은 베테랑으로, 담이 커서 어떤 상황에서도 침착함을 유지한 채 카메라를 들이댄다고 소문이 자자한 인물이었다.

이 정도 구성이면 김도형 씨에게 최소한의 성의는 보인다는 결론에 도달한 우리는 통화한 시점에서 이틀 후인 7월 29일에 문제의 로즈 힐 빌라로 향했다. 물론 김도형 씨에게 출발하겠다는 메시지를 보냈지만, 답장은 오지 않았다.

철두철미하기로 유명한 A는 출발 전에 인터넷으로 조사하는 걸 잊지 않았다. 흉가, 소위 말해서 귀신이 나온다는 집이나 건물은 알게 모르게 입소문을 타게 돼 있다. 요즘은 유튜브의 영향력이 크지만 거기가 1차 진원지는 아니다. 인터넷에서 떠도는 대부분의 소문은 이른바 '커뮤니티'에서부터 퍼져 나간다. 유튜버도 유명 커뮤니티에서 촬영 소스를 얻는 경우가 많다. 우리나라에서 유명한 괴담을 거꾸로 더듬어 가다 보면 언제나 그 시작은 커뮤니티로 귀결된다. 그런 사실을 잘 아는 A는 주요 커뮤니티에 들어가 관련 키워드를 넣고 꼼꼼하게 살펴봤다. 없었다. 하루에도 수없이 많은 괴담이 창조되거나, 재탄생하거나, 퍼져 나가는 커뮤니티의 특성상 사연이 밀려서 사라질 수도 있었지만 어쨌든 A가 조사한 선에서는 로즈 힐 빌라와 관련한 이야기는 찾을 수 없었다.

A는 출발 전 이렇게 말했다.

"너무 큰 기대는 안 하고, 김도형 씨 돕는다는 생각으로 다녀올게요."

그때는 아무도 몰랐다.

그것이 끔찍한 사건의 시작이 될 줄은.

로즈 힐 빌라는 지명을 밝힐 수 없는 서울의 한 동네에 자리하고 있었다. 조금 설명을 보태자면, 그 동네는 몇 차례 개발붐이 일었다가 꺼진 곳으로 낙후된 빌라촌과 개발 호재에 편승해 우후죽순처럼 새로 지은 신축 빌라촌이 묘하게 마주한, 매우 혼란스러운 곳이었다. 사전 조사를 해본 결과 로즈 힐 빌라도 지어진 지 1년이 채 안 되는 신축 건물이었다. 6층이지만 1층은 주차장이라 사실상의 5층 건물로 모두 열다섯 가구였다. 층마다 세 가구가 있었고, 넓이는 34평형으로 똑같았다. 말이 좋아 34평이지 아마 실평수는

27평이 채 안 될 거라고, C가 자신 있게 말했다.

"내가 사는 곳이 딱 이런 데거든."

세 사람이 A가 운전하는 차를 타고 로즈 힐에 도착한 건 오후 2시가 지나서였다. 그곳으로 향하는 사이 B가 김도형 씨와 계속 통화를 시도했지만 받지 않았다. A가 주차를 끝낼 때까지도 연결이 안 됐다. 세 명은 일단 차에서 내린 뒤 공동 현관으로 가 인터폰에서 402호를 호출했다. 응답이 없었다. 때는 불볕더위가 한창인 7월 말이었다. 그늘이기는 해도 현관 앞에 잠깐 서 있는 그사이에 셋은 땀에 흠뻑 젖었다. 가까운 나무에서 매미 떼가 그악스레 울어대고 있었다.

"갈수록 더워진다는데 큰일이야."

"올해가 제일 시원한 해일 거라는 농담도 있잖아."

"손 선풍기라도 챙겨 오지 그랬어?"

"충전을 하도 안 해서 방전됐더라고. 휴대폰도 마찬가지야. 여기 오는 동안 꺼졌어."

"카메라 배터리는 그렇게 잘 챙기면서 정작 자기 휴대폰은 툭하면 방전이야."

"내 말이. 일종의 직업병 아닐까?"

A와 C가 그런 한가로운 대화를 나누는 사이, B는 인터폰 주위를 살피더니 공동 현관 비밀번호를 알아냈다. 어이없게도 인터폰 바로 옆에 누군가가 비밀번호를 떡하니 적어놓은 것이었다. 그것도 지워지지 않게 매직으로.

"예전에 사귀었던 남자 친구가 배달 일을 했거든요. 개가 말해주더라고요. 쉽게 출입할 수 있도록 배달원이 이런 데에다가 비번을 적어놓는다고."

B가 비밀번호를 입력하며 말했다.

"덕분에 더위는 피하겠네. 고마워."

몸집이 큰 C는 자기 손수건으로 연신 땀을 닦으며 말했다. 그때 A가 "잠깐만." 하면서 현관문 옆으로 돌아갔다. B와 C도 뒤를 따랐다. 거기에는 우편함이 달려 있었다.

"이거 봐. 아까 얼핏 발견했는데…."

A는 우편물이 가득 꽂힌 우편함을 가리키며 말했다. 모든 세대에 우편물은 물론이고 각종 광고 전단

이 가득 들어차 있었다. 그 누구도 신경 쓰지 않은 듯 보이는 그곳은 버려진 우편물의 봉안당이었다.

"이것만 봐도 여기 상태를 대충 짐작하겠네. 원래 사소한 거에서 티가 나거든. 일단 들어가자고."

C가 그렇게 말했다. B는 다시 현관으로 가 비밀번호를 눌렀고, 세 사람은 로즈 힐 빌라에 들어섰다. 공동 현관 맞은편에 문제의 엘리베이터가 보였다. 내부 벽면의 마감 공법 역시 노출 콘크리트라 영상 속과 같은 곳임을 대번에 알아볼 수 있었다.

"이게 그 엘리베이터네."

패널을 보니 엘리베이터는 4층에 멈춰 있는 상태였다. A는 버튼을 눌렀다. 곧 웅, 하는 소리가 들리며 엘리베이터가 내려왔다.

"고장 난 게 아니어야 할 텐데. 이 날씨에 셋이 엘리베이터에 갇히는 건 딱 질색이거든."

C는 생각만 해도 끔찍하다는 듯 고개를 저었다. 그 사이 엘리베이터가 도착해 문이 열렸다. 내부가 좁긴 해도 평범한 엘리베이터였다. 영적인 분위기는 전혀

느낄 수 없었다. 물론 셋 중 누구도 영감 같은 걸 지니진 못했지만 적어도 A와 C는 그런 현장, 소위 말해 심령 스폿에 자주 다녔기에 특유의 기운은 읽어낸다고 자부해 왔다. 하지만 그 엘리베이터는 깨끗했다.

4층에서 내린 A 일행은 402호 초인종을 눌렀다. 새 지저귀는 소리가 울렸다. 어느 집에 예민한 강아지라도 사는지 컹컹 소리도 들렸다. 초인종이 울리고도 한참이 지났지만 반응은 돌아오지 않았다. 전화도 받지 않고 초인종에도 응답이 없다. 그건 곧 김도형 씨가 부재중이라는 뜻이었다. 하지만 휴대폰은? 혹시 두고 나갔나? 여기서 세 명은 애매한 상황에 놓이고 말았다. 만약 김도형 씨가 가까운 편의점에라도 간 거라면 이대로 기다리는 게 맞았다. 그런데 그게 아니라면? 통화할 때 말했던 것처럼 김도형 씨가 **없어진** 상황이라면….

"어떡하죠?"

B가 A를 향해 물었다.

"글쎄."

A라고 뾰족한 수가 있는 건 아니었다. 다만 한 가지는 확실했다. 이대로 무작정 기다리기에는 날씨가 너무 덥다는 사실. 바깥보다는 나았지만 4층 복도에도 후끈한 열기가 맴돌았다. C는 다시 비 오듯 흐르는 땀을 부지런하게 닦아내고 있었다. A는 자기에게 결정권이 있다는 걸 알았다. 그건 곧, 이후 행동에 자기가 많은 책임을 져야 한다는 뜻이기도 했다.

"뭐, 본인이 알려준 거니까 문제는 없겠지."

휴대폰을 꺼내 402호의 현관 비밀번호를 확인하며 A가 말했다.

"탁월한 선택이야."

C는 안도의 한숨을 내쉬며 A를 향해 고개를 끄덕여 보였다. A는 도어록을 열고 비밀번호를 눌렀다. 0911. 의미는 몰라도 외우기 쉬운 번호였다. 적어도 김도형 씨의 생일은 아닐 거라고 A는 생각했다. 그가 기억하기로 김도형 씨는 봄에 태어났다. 예전 술자리에서 한번 그런 이야기를 나눈 적이 있었다. 자기는 봄에 태어나서 유독 봄을 탄다고.

"실례합니다."

문을 열고 안으로 들어가며 A가 말했다. 뒤늦게라도 김도형 씨가 얼굴을 내밀길 바랐지만 그런 반전은 일어나지 않았다. 대신에 서늘한 공기가 세 사람을 맞이했다. 에어컨에서 뿜어져 나오는 냉기와는 확연히 달랐다. 402호 안을 떠도는 기운은 한기 쪽에 더 가까웠고, 그랬기에 피부를 훑는 게 아닌 뼛속까지 스미는 듯한 차가움을 선사했다. 게다가 습도도 높았다. 차디찬 공기와 묵직한 습도의 불균형은 설명할 수 없는 이질감으로 변해 셋을 감쌌다.

"후우. 공기가….."

C는 말을 중간에 멈췄다. 세 사람은 일단 거실에 서서 주위를 둘러봤다. 거실에는 작은 소파와 책장이 전부였다. TV 같은 건 보이지 않았다. 그야말로 단출했다.

"혹시 모르니까 촬영 시작하는 게 어때?"

A의 말에 C는 곧장 카메라를 들었다. 그사이 B는 거실을 지나 안방으로 향했다. 집 안은 이상할 정도

로 조용했다. 빈집이라고 해도 생활 소음이 전혀 안 들릴 수는 없었다. 심지어 복도에서 들리던 쏴아아, 하는 매미 소리는 집 안으로 전혀 들어오지 못했다. 신축이라고는 해도 이 정도로 방음이 잘되는 건 신기한 일이었다. A가 그런 생각과 함께 거실을 돌아다니고 있을 때 B가 뭔가를 들고 잰걸음으로 다가왔다.

"이것 좀 보세요. 컴퓨터 모니터에 붙어 있었어요."

B가 내민 건 노란색 포스트잇이었다. 거기엔 다급하게 쓴 듯 날아갈 듯한 글씨로 다음과 같은 내용이 적혀 있었다.

여러분이 이 메시지를 발견한다면 그건 제가 이미 화를 입었다는 뜻이겠죠.

저를 대신해 진실을 밝혀주세요. 부탁드립니다.

컴퓨터 바탕화면 메모장에 포털사이트 아이디와 비밀번호를 입력해 두었습니다.

다만 위험하다는 판단이 들면 바로 철수하세요.

글씨와 내용으로 봤을 때 김도형 씨가 쓴 건 틀림 없었다. 세 명은 그 포스트잇을 한참 들여다봤다. 마치 그 속에서 단서라도 찾으려는 것처럼. 하지만 이 것이 거창하고 복잡한 장난이 아니라는 전제하에, 김도형 씨가 위험에 처했다는 사실 말고 다른 건 알아 낼 수 없었다. 그는 자신이 '화'를 입었을 거라고 적었는데, 그 화의 정체가 너무나 광범위하고 모호했다. 왜 조금 더 직접적으로 말하지 않았을까? 짧은 엘리베이터 영상을 첨부할 게 아니라 자신이 겪고 있는 일에 대해 구체적으로 적어 이메일을 보낼 순 없었을까?

여러 궁금증이 몰려왔지만 셋은 일단 김도형 씨의 컴퓨터를 살펴보기로 했다. 그 역시 그걸 원하는 것 같았기 때문이다.

김도형 씨는 안방을 작업실로 쓰고 있었다. 그곳은 거실보다 조금은 더 사람 사는 느낌이 들게끔 꾸며져 있었다. 책상은 여느 작가나 그러듯 출력한 원고며 자료 조사차 펼쳐놓은 책들로 적당히 어질러져 있었고, 바닥에는 간이침대가 놓여 있었다. 침대는 오래 사용한 흔적이 역력했다. A는 책장을 뒤지다가 휴대폰과 태블릿을 발견했다. 심지어 서류 더미 아래에는 지갑도 있었다. 모두 김도형 씨 물건이었다. 그는 휴대폰과 신분증, 카드까지 모두 놓아둔 채 사라졌다. 그런 결론에 도달하자 의문은 더욱 커졌다. B가 질문을 던진 것도 당연한 일이었다.

"경찰에 신고해야 하는 거 아닐까요?"

"일단 한번 살펴보고 아니다 싶으면 신고해야지."

A는 그렇게 대답했다.

"컴퓨터는 켜져 있어."

C가 카메라를 들고서 왼손으로 컴퓨터 본체를 가리켰다. 파란색 불이 들어와 있었다. A가 마우스를 살짝 움직이자 모니터가 밝아졌다. 순간, 세 명 모두 "앗!" 하는 소리를 내고 말았다.

바탕화면은 너무나도 어지러웠다. 온갖 파일과 프로그램 아이콘이 무질서하게 배치된 걸 넘어 과연 정상적인 작업이 가능할까 싶을 정도로 모니터를 가득

채우고 있었다. A가 기억하는 김도형 씨는 이런 사람이 아니었다. 깔끔한 축에 속하진 않았지만, 여러 업무를 동시에 해내야 하는 전업 작가의 특성상 적어도 파일만은 제대로 관리했다. 함께 작업할 때 잠깐 보았던 그의 노트북은 그저 평범한 수준이었다.

"그러고 보니 노트북이 안 보이네…."

A는 안방을 둘러보며 중얼거렸다.

"가지고 간 걸까요?"

B가 물었다.

"노트북이야 처분했을 수도 있지. 집에서만 작업하면 사실 쓸모가 없으니까."

A가 대답하는 사이에 C는 이번에도 뭔가를 찾아냈다.

"바탕화면에 동영상 파일이 많아. 이름 보면 우리한테 보낸 영상 바로 다음 거도 있는 것 같은데?"

그랬다. 쓰레기 처리장처럼 어지러운 바탕화면에도 나름의 규칙이라는 게 있는지 '0711_2'라는 제목의 동영상 파일이 상단에 자리했다. 그 옆으로도 쭉 이름만 다른 같은 포맷의 동영상 파일이 이어지고 있었다.

"일단 이걸 실행해 볼까?"

A는 의자에 앉으며 말했다.

　　카메라를 정면으로 바라보며 한 여자가 서 있다. 현관에 비스듬히 기대어 있지만 키가 꽤 크다는 걸 알 수 있다. 40대 중반쯤 됐을까, 펌이 반쯤 풀린 머리카락은 부스스하고 얼굴에는 피곤함이 가득해 보인다. 여태 카메라를 보던 여자는 이야기를 시작하면서 그 너머의 누군가에게 시선을 던진다.

　　"엘리베이터요? 말도 마세요. 저거 언젠가 사고 날 거야, 사고! 아저씨도 아시잖아요. 제가 일하고 새벽에 들어오는 거. 그러면 너무 피곤하거든. 근데 좀 잠들 만하면 저 엘리베이터에서 삐삐 소리가 나잖아요! 이젠 좀 무섭다니까. 아니, 왜 아무도 안 탔는데 정원 초과야? 응? 그것뿐이면 내가 말을 안 해요. 아저씨도 혼자 타본 적 있으면 내가 무슨 말 하는지 알 거야.

저 좁은 엘리베이터에 혼자 타면 꼭 누가 보고 있는 것 같은 느낌을 받는다니까! 천장에서 말이야! 그리고 거울도 기분 나빠. 이쪽저쪽 거울이 마주 보고 있으니까 괜히 이상하잖아. 내가, 내가 아닌 것처럼 보인다니까. 그리고 그거 알아요? 여기 아랫집, 301호 여자 있잖아요… 개랑 같이 사는 사람. 그 아줌마가 봤대! 그거….”

여자가 '그거'라고 말하는 순간 기다렸다는 듯 엘리베이터에서 '띵' 하는 소리가 들린다. 카메라가 방향을 바꿔 엘리베이터를 비춘다. 차가워 보이는 문이 반으로 갈라지며 속을 드러낸다. 아무도 없다. 패널에 표시된 디지털 숫자는 분명 '1'이다. 여자 목소리가 들리자 카메라가 다시 획 돌아간다.

“저거 봐, 저거! 저런다니까. 어휴, 기분 나빠. 내 이야기 듣고 있던 거 같지 않아요? 나는 말이에요, 엘리베이터 안 탄 지 좀 됐어. 다리 아파도 어떡해? 찜찜하고 무서운 것보단 낫잖아요. 사실 이사도 생각해 봤어. 여기 주민들 다들 한 번은 그 생각 했을걸? 근데 집은 안 팔리지 당장 돈은 없지, 용빼는 재주가 있는 것도 아니니 그냥 덮어놓고 사는 거잖아. 월세 부담만 없으면 다른 데 원룸이라도 얻는 건데…. 아! 맞다. 301호 아줌마가 봤다는 그거, 칫솔이었대요, 칫솔! 이상하지 않아요? 엘리베이터에 누가 칫솔을 두고 내려? 새것도 아니었대. 모가 다 닳은 빨간 칫솔인데 너무 기분 나빠서 사진 찍어둘 생각도 못 하고 그냥 내렸다잖아요. 어휴."

영상은 여자가 한숨 쉬는 것과 동시에 검게 변하더니 곧 다른 장면으로 바뀐다. 이번에는 머리카락을 짧게 자른 남자다. 새치가 많은 머리를 벅벅 긁으며 남자가 말한다. 남자가 몸을 내밀고 있는 문에는 202호라는 문패가 달려 있다.

"봤죠. 그래서 제가 우리 빌라 단톡에 올렸잖아요. 혹시 다른 분들도 봤는가 해서. 전 2층이니까 엘리베이터를 안 타요. 그냥 계단을 이용하는데, 그 여자…음… 여자가 맞겠죠? 아무튼 그 사람을 봤어요. 1층에서 계단으로 걸어 올라오는 중이었던 것 같은데,

딱 마주쳤는데도 이상할 정도로 얼굴은 기억이 안 나요. 다만 목에 걸고 있던 사원증은 똑똑히 떠오르거든요. 푸른색 테두리에 사진과 이름이 들어가 있었어요. 단발로 자른 머리카락을 찰랑이며 여자가 올라오다가 절 봤어요. 저도 여자를 봤죠. 그랬더니 그 사람이 씩 웃더라고요. 그래서 전 우리 빌라 사람인 줄 알았어요. 어색하지만 인사를 건넨 것도 그 때문이고요. 그러고 그냥 지나쳐서 전 1층으로 내려섰는데, 위에서 이상한 소리가 들리는 거예요. 굳이 흉내 내자면 끽끽, 그런 소리였어요. 그냥 갈 수도 있었는데 궁금증을 못 참고 반 계단 정도 올라가 위를 슬쩍 올려다봤죠. 그랬더니… 그 여자가 벽을 마구 긁고 있는 거예요. 손톱이 벽을 긁으면서 끽끽 소리가 들렸던 거죠. 미친 사람인가 싶었지만, 이상하다는 생각보다는 무섭다는 느낌이 먼저 들었어요. 그래서 바로 다시 내려가 공동 현관을 빠져나갔죠. 어휴. 그 여자, 누구였을까요? 우리 빌라에는 안 사는 것 같은데….”

이번에야말로 영상이 끝난다. 검은 화면만 계속되

다가 뚝 끊긴다.

“이걸로 하나는 확실해졌네.”

C는 카메라에서 눈을 떼지 않은 채 말했다. 그러자 B가 물었다.

“뭐가요?”

“여기 사는 사람 중 적어도 한 명은 칫솔을 새로 산 거야.”

재미없는 농담을 아무렇지 않게 하는 것도 C의 재주라면 재주였다. 아직 적응이 덜 된 B가 할 말을 찾지 못해 당황하자 A가 바로 거들어줬다.

“칫솔은 생각 못 한 전갠데 나름 섬뜩하지 않아?”

“섬뜩한 건 모르겠고, 참신하긴 하네.”

C는 조금 비꼬는 투로 말했다. A와 B는 C의 태도가 변한 걸 눈치챘다. 차를 타고 올 때만 해도 어느 정도 기대하는 듯 보였던 C는 두 번째 영상 이후 표정부터가 심드렁하게 바뀌었다. 흥미를 잃었다는 뜻이었다. 굳이 이유를 물어보지 않았지만 C는 주절주절

말을 보탰다.

"답이 나온 것 같은데? 방금 영상 보고 난 알아챘어. 이거 모두 김 작가가 꾸민 일이야. 무슨 의도인진 모르겠는데, 이메일부터 이 동영상, 그리고 모습을 감춘 것까지 시나리오대로 움직인 거라니까. 혹시 또 모르지. 이런 식의 페이크 다큐를 찍고 싶었는지. 김 작가, 감독 쪽으로도 욕심 있었잖아."

"근거는?"

A가 물었다. C는 카메라를 내리며 대답했다.

"여자가 처음엔 카메라를 보다가 본격적으로 이야기할 땐 다른 곳 보잖아. 그거, 대본을 읽는 거야. 페이크 다큐 찍을 때 흔히 사용하는 수법이지. 그러니까 짜고 치는 고스톱이었다 이거야."

"엘리베이터는요?"

이번에는 B가 물었다.

"고장. 어쩌면 엘리베이터가 고장 난 걸 계기로 김 작가가 아이디어를 떠올렸을 수도 있어. 아마 지금쯤 카페에라도 앉아서 노트북 들고 후속 시나리오 쓰고 있을걸?”

“에이, 설마요.”

B가 말했지만 이번에는 A가 비슷한 의견을 냈다.

“하긴. 그럴 수도 있겠네. 김도형 씨가 늘 했던 말 있잖아? 현실과 작품의 경계를 허물고 싶다는 거. 이번이 그런 시도였다면 모든 게 말이 돼. 본인의 실종을 너무 초반에 넣은 게 패착이지만.”

“내 말이! 귀신 붙은 건물의 비밀을 조사하다가 실종된다는 설정, 이젠 너무 흔하지.”

C가 그 말을 했을 때였다. 거실에서 쿵, 하는 소리가 들렸다. 묵직한 뭔가로 벽을 때릴 때 나는 소리 같았다. B는 흠칫 놀라 A와 C를 번갈아 봤다. C는 피식 웃긴 했지만 어쨌든 다른 두 명과 함께 거실로 나갔다. 딱히 달라진 건 없었다. 거실은 처음 봤을 때 그대로였다. 다만… 작은방의 문이 닫혀 있었다. B는 물론이고 A와 C도 그걸 알아봤다.

“창문 닫혀 있었잖아요. 그럼 바람 때문도 아니란 건데….”

B는 닫힌 방문을 가리키며 말했다.

"방문이 헐거웠을 수도 있지. 아니면 구조가 잘못 돼서 저절로 닫힌 거야. 그런 경우는 꽤 많아."

C가 아무것도 아니라는 듯 말했다. 바로 그 순간, 어떠한 예고도 없이 새 지저귀는 소리가 울려 퍼졌다. B는 진심으로 놀란 듯 몸을 움찔했다. 누군가가 밖에서 초인종을 누르고 있었다. A는 인터폰을 향해 다가갔다. 입자가 거친 화면에 젊은 여자가 얼굴을 들이밀고 있었다.

"누구세요?"

A는 그렇게 물었다. 집주인은 아니었지만 어쨌든 그 질문이 최선이었다. 곧 여자 목소리가 들렸다. 하이 톤이기는 해도 듣기 싫은 목소리는 아니었다.

"아! 안녕하세요? 도형 씨는 안 계신가 봐요? 오늘 만나자고 해서 찾아온 건데. 혹시 문 좀 열어줄 수 있으세요? 너무 덥네요."

셋은 서로를 마주 보다가 동시에 고개를 끄덕였다. 이곳은 김도형 씨의 집이었고, 그를 찾아온 손님이라면 뭔가 도움이 될 만한 이야기를 들을 수 있으리라 판단했다. 물론 C는 A가 문을 열어주러 현관으로 향하는 동안에도 나지막하게 혼잣말을 중얼거렸다.

"연기자일지도 모르니까 쉽게 속아 넘어가면 안 돼."

여자는 푸른색 반소매 원피스 차림이었다. 뒤로 질끈 묶은 긴 머리카락과 옅은 화장까지 더해 여자의 전체적인 분위기는 수수했다. 빼어난 미인도, 그렇다고 눈에 띄게 모난 얼굴도 아니었다. 한마디로 평범한 얼굴이었고 그 점이 오히려 신뢰감을 주는 데 한몫했다.

"안녕하세요? 박해수라고 해요."

그렇게 말하며 여자는 허리를 숙였다. 세 명도 어정쩡하게나마 인사를 건넸다. 박해수(가명)는 그리 놀라지 않은 듯 차분한 시선으로 셋을 한 명씩 훑어봤다. 잠시 침묵이 이어졌고, A가 얼른 말을 건넸다.

"박해수 씨. 반갑습니다. 저희는 김도형 씨의 동료인데요, 사정이 있어 오늘 방문하게 됐습니다."

"알고 있어요. 옛 동료가 며칠 내로 방문할 거라고

도형 씨가 그랬거든요."

박해수는 희미하게 웃으며 말했다.

"혹시 실례가 안 된다면 김 작가와는 어떤 사이인지…."

C가 말끝을 흐리며 물었다. 그건 나머지 둘도 궁금하던 부분이었다. B는 박해수가 김도형 씨의 여자 친구는 아닐 거라고 짐작했다. 그런 분위기가 전혀 풍기지 않았다. 그쪽으로는 여자의 감이 정확한 법이었다. 아니나 다를까….

"친한 동료 작가예요. 도형 씨는 시나리오 쪽이고, 전 소설을 주로 쓰는데 관심 장르가 비슷해서 친해졌어요. 이미 아시겠지만, 도형 씨가 호러와 미스터리를 좋아하잖아요. 저도 그래요."

"그렇군요. 그런데 어쩌죠? 김도형 씨가 부재중이네요."

A는 조심스레 단어를 골라가며 말했다. 실종이니 사라졌다느니 이런 표현은 쓰고 싶지 않았기 때문이다. 하지만 돌아온 박해수의 말은 예상외였다.

“역시 그랬군요.”

“아… 혹시 알고 계셨어요?”

B가 묻자 박해수는 천천히 고개를 끄덕끄덕했다. 그러고는 말을 이었다.

“도형 씨가 그랬거든요. 언제든 자기가 사라지면 이곳의 비밀을 꼭 밝혀달라고. 여러분이 오실 거라는 것도 그때 얘기했어요. 그래서 어느 정도 각오는 하고 있었는데….”

박해수의 표정이 어두워졌다. C는 여전히 미심쩍어하는 표정이었지만 굳이 다른 말을 보태지는 않았다. 그사이 B가 다시 물었다.

“그럼, 작가님께선 이 빌라에 대해 어느 정도나 알고 계세요?”

“도형 씨에게 여러 이야기를 듣긴 했어요. 아! 이걸 보여드리는 게 좋겠네요.”

박해수는 그렇게 말하며 안방을 향해 성큼성큼 걸어갔다. 자주 와본 듯 자연스러운 몸짓이었다. 세 사람도 박해수를 따라 다시 안방으로 향했다. 그는 컴

퓨터 책상의 맨 밑 서랍을 열더니 거기서 종이 한 장
을 꺼냈다. 흔히 보는 A4 용지에 글자가 프린트돼 있
었다. 박해수는 세 명을 향해 그 종이를 내밀었다.

"이게 뭡니까?"

C가 물었다.

"도형 씨가 이 빌라에서 발생하는 이상 현상을 정
리해 놓은 거예요. 한번 읽어보세요."

종이에는 '이상 현상 리스트'라고 제목이 달려 있
었다. 그 밑으로 여러 개의 항목이 보였다. B가 그 종
이를 받아서 들었고, 나머지 둘이 양옆에 서서 함께
리스트를 읽어 내려갔다.

이상 현상 리스트

다음은 로즈 힐 빌라에서 발생하는 괴현상과 관련해 리스트를 작성한 것이다.

이 리스트는 철저한 조사를 통해 만들어졌다.

- 주차장 센서 등이 멋대로 켜졌다가 꺼졌다가를 반복함 (센서는 이상 없음).

- 엘리베이터가 저절로 움직임 (항상 4층에서 정원 초과 경고음이 울림).

- 203호, 302호, 402호, 501호의 방문이 외력 없이 저 혼자 닫힘.

- 301호 개가 허공을 향해 짖음 (원래 잘 짖지 않았다고 함).

- 엘리베이터에서 칫솔을 목격한 사람이 다수 있음(모두 빨간 색 칫솔).

- 공동 현관이나 계단에서 사원증을 목에 건 낯선 남녀와 마주침. 빌라에 살지 않음.

- 새벽 2시부터 4시 사이, 전 세대가 웅성거리는 듯한 소음에 시달림.

- 다수의 세대에서 식물이나 금붕어, 앵무새 등이 자꾸 죽음.

- 같은 날 같은 시간(7월 4일)에 전 세대 수도함이 저절로 열림(검침은 없었음).

- 잃어버렸던 202호 아이가 옥상에서 발견됨(당시 옥상은 건물 안쪽에서 잠긴 상태였음).

- 누군가가 초인종을 눌러서 인터폰을 확인하면 아무도 없음.

- 빨래에서 퀴퀴한 냄새가 나고 좀처럼 마르지 않음.

- 남향으로 지어졌지만 해가 집 안까지 충분히 들어오지 않음.

- 입주민이 아닌 사람이 반상회에 참석함.

“빨래에서 냄새난다는 건 뭐야? 여름이니까 그럴 수도 있지 않아?”

C가 끝에서 세 번째 항목을 손가락으로 가리키며 말했다. 그러자 세 명을 보며 서 있던 박해수가 바로 입을 열었다.

“저도 비슷하게 질문했는데요, 베란다에 너는 건 물론이고 건조기로 말린 세탁물에서도 냄새가 계속 난대요.”

“그건 좀 이상하네요.”

A가 말했다.

“이상한 게 한두 개가 아니잖아요!”

리스트를 읽기 시작할 때부터 흥분 상태였던 B는 목소리를 높였다. 그에게는 김도형이 남긴 이 리스트가 그냥 넘길 수준이 아니었다. 물론 몇 개는 우연한 현상 아니면 착각이나 오해가 빚어낸 해프닝으로 치부할 수 있겠지만 마지막 항목만은 꼭 짚고 넘어가고 싶었다.

“역시 마지막 항목을 말하는 거지?”

이미 B의 마음을 읽었다는 듯 A가 '입주민이 아닌 사람이 반상회에 참석함'이라는 문장을 가리켰다.

"혹시 이 부분에 대해 아시는 거 있습니까?"

박해수를 향해 C가 물었다.

"그건 저도 잘 모르겠어요. 아마 빌라 대표한테 물어보면 되지 않을까요?"

고개를 갸우뚱하며 말하던 박해수는 한마디를 덧붙였다.

"아! 도형 씨가 빌라 대표는 아니었어요."

"그런데 왜 이렇게까지 조사한 겁니까? 리스트를 보면 꽤 시간을 두고 꼼꼼하게 조사하고 작성한 것 같은데요."

A의 물음에 박해수의 대답이 이어졌다.

"도형 씨가 이 집으로 이사 온 건 5월 말이었고, 여기에 이상한 일이 벌어지고 있다는 걸 제가 처음 들은 게 6월 말이었어요. 그때 도형 씨는 꽤 흥분한 상태였어요. 여러분도 이런 쪽에 관심이 많다고 하시니 어떤 마음인지 대충 이해하시리라 믿어요. 그즈음 도형 씨는 자기 혼자 시나리오를 쓰고 있었는데 좀처럼 안 풀리던 시기였죠. 물론 장르는 호러 미스터리였고요. 그런데 자기가 입주한 빌라에서 괴이한 일이 생기니 대번에 호기심을 품었나 봐요. 6월 말에 저에게 그 말을 할 때도 아주 신난다는 투였거든요. 잘 활용하면 생생한 시나리오를 쓸 수 있겠다면서요. 그런데 어느 순간을 기점으로 도형 씨가 조금씩 이상해졌어요. 단순히 시나리오에 쓸 소스를 모으던 데서 그치지 않고 점점 더 깊이 파고들며 집착하는 게 옆에서도 다 보였어요. 그리고 그때부터는 확실히 무서워했어요. 전 그 기점이 반상회가 아니었을까 짐작해요."

"반상회에서 무슨 일이 있었기에⋯."

B가 그렇게 중얼거렸을 때였다. 박해수는 안방을 보며 말했다.

"저도 들은 건 없어요. 근데 영상으로 남겨놓았다는 건 알아요. 도형 씨는 조사를 시작하면서 모두 영상으로 기록했거든요."

"그러면 컴퓨터에 있겠네."

C는 심드렁하게 말했다. 그때였다. 번쩍하며 사방이 밝아진 것과 동시에 천둥이 하늘을 두드리며 지나갔다. 뒤이어 비가 쏟아지기 시작했다. 거실 창문 밖은 졸지에 어두워져 마치 초저녁처럼 변했다. 기세로 봐서는 제법 내릴 것 같은 비였다.

"습하다 했더니 결국 쏟아지네."

A가 말하며 베란다 쪽으로 다가갔다. 딱히 의미 있는 행동은 아니었다. A는 그저 시원하게 내리는 비를 보고 싶었을 뿐이었다. 모든 창문이 닫혀 있는 터라 답답하기도 했다. A가 겸사겸사 베란다 문을 연 바로 그 순간 위에서 무언가가 떨어지며 베란다 창문을 쿵, 하고 쳤다.

"억!"

너무 놀란 A는 신음을 뱉으며 주저앉았고 나머지가 우르르 몰려왔다. 그들의 눈에 들어온 건 사람의 뒤꿈치였다. 맨발이었다. 허옇게 각질 낀 한 쌍의 발이 대롱대롱 흔들리며 베란다 창문을 툭툭 치고 있었다. 어떤 상황인지 깨닫기까지는 그리 오랜 시간이

걸리지 않았다. 가장 먼저 정신을 차린 C가 외쳤다.

"502호야!"

셋은 누가 먼저랄 것도 없이 현관문을 박차고 나가 계단을 달려 올라갔다. 그런 뒤 A가 502호 문을 세차게 두드렸다.

"안에 아무도 안 계세요? 저기요!"

그사이 B는 119에 신고했다. 문은 끝내 열리지 않았고 얼마 후 구급대와 경찰이 출동했다. 사이렌은 쏟아붓는 빗소리를 잠재울 만큼 크고 우렁찼다.

베란다 난간에 목을 매 뛰어내린 건 502호에 사는 여자였다. 당연하게도, 구급대가 도착했을 때는 이미 숨이 끊어진 뒤였다. 집에는 여자 외에 아무도 없었고 문은 안에서 잠긴 상태였다. 명백한 자살이었다고, 경찰이 마치 안심하라는 듯 말을 전했다. 하지만 누구도 안심할 수는 없었다. 경찰은 402호 친구 집에 놀러 왔다는 A의 말을 그대로 믿고 곧장 돌아갔다. 죽은 여자를 실은 구급차도 다시 사이렌을 울리며 멀어졌다. 너무나도 빠르고 싱겁게 상황이 종결됐다. 얼떨떨한 채 다시 김도형의 집으로 돌아왔을 때 B가 모두를 향해 물었다.

"신고해야 하지 않을까요? 김도형 작가님께도 나쁜 일이 생긴 건지 모르잖아요."

"실종 신고를 해봐야 적극적으로 찾지도 않을 거야. 성인이니까."

그렇게 말하는 C는 30분 전과는 달리 표정이 딱딱하게 굳어 있었다.

"그래도⋯."

"마땅히 설명할 말도 없잖아. 김도형 씨가 사라진 이유 말이야."

B의 말을 자르며 이야기한 A 역시 여전히 충격에서 벗어나지 못한 모습이었다. 얼굴이 창백했고 미간을 잔뜩 찡그리고 있었다. 잠시 침묵이 흐른 뒤 박해수가 입을 열었다.

"그거 아세요? 죽은 여자가 여기 빌라 대표였어요."

"네? 정말요?"

B의 물음에 박해수는 고개를 끄덕였다.

"우연의 일치일까, 아니면 정말로 뭐가 씐 걸까….."

A는 그늘진 얼굴을 한 채 혼잣말을 중얼거렸다. 그러자 C가 나섰다.

"자자, 이러고 있을 게 아니라 확실히 결정해야 해. 방금 사건은 충격이긴 했어. 그것마저 꾸며낸 건 당연히 아니겠지. 하지만 그렇다고 해서 모든 걸 다 믿을 순 없어. 중요한 건 우리가 어떻게 움직일까 하는 거야. 속는 셈 치고 조사해 볼 건지, 아니면 여기서 철수할 건지. 무슨 말인지 알지?"

다들 알고 있었다. 502호 여자의 자살로 상황이 크게 바뀌었다는 사실을. 처음에는 김도형 씨가 안내하는 괴담 속 세계에 어느 정도의 흥미를 느끼며 얼쩡거렸다. 하지만 괴담이 사건으로 변모한 순간 유희는 사라지고 지극히 현실적인 공포만 남았다. 여기서 조금 더 깊이 들어가면 발을 못 뺄 수도 있다. 그런 위기감이 모두의 머릿속에 똬리를 틀기 시작했다. 이제는 신중할 수밖에 없었다. 비는 한층 더 거세졌다.

"솔직히 말할게. 난 이제 뭐가 뭔지 잘 모르겠어. 근데 한 가지만은 분명해. 이 빌라에서 무슨 일인가가 벌어지고 있어. 502호 여자가 자살한 게 우연이라고? 믿지 못하겠지만 말이야… 아니, 못 믿어도 상관없어. 내가 직접 겪었으니까. 그때, 그러니까 베란다 문을 열기 전에 내가 뭘 느꼈는지 알아? 불안감이었어. 지독하게 불안했다고, 그것도 갑자기! 적어도 내 무의식은 무슨 일이 벌어질지 알았다는 거야. 거기다가 소리도 들었어."

"소리?"

A의 말을 듣던 C가 되물었다.

"응. 분명해. 똑똑히 들었어. 그건… 웃는 소리였어. 깔깔거리며 웃는 소리가 바깥에서 들렸다고!"

"누, 누가 웃었다는 거예요?"

B가 조심스레 물어봤다. A는 거침없이 대답했다.

"자살한 여자. 난 그렇게 생각해."

"휴. 이거 참…."

C의 말을 끝으로 한참 정적이 맴돌았다. 거실에 모

여 선 넷은 자기만의 생각에 잠긴 듯 누구 하나 먼저 입을 열지 않았다. 얼마간의 시간이 흘렀다. 박해수가 기억을 떠올리는 듯 고개를 끄덕이며 말했다.

"그러고 보니 아무도 나오지 않았어요. 사이렌 소리가 울리고 문을 부수느라 큰 소동이 일어났는데도 여기 사는 사람 그 누구도 얼굴 한 번 비추지 않았어요. 이상하지 않아요?"

"이상해요! 맞아요. 저도 딱 그 생각 했거든요."

C가 박해수의 말을 거들었다.

"좋아. 더 조사해 보자. 이 일이 김도형 씨가 꾸민 게 아니란 건 이제 확실하니까. 김도형 씨의 행방을 찾기 위해서라도 우리가 나서야 해."

그 말에 다른 의견을 내는 사람은 없었다. C는 카메라를 다시 들었다. 촬영할 준비가 됐다는 뜻이었다.

"그러면 뭐부터 시작하죠?"

B가 물었다.

"반상회 영상, 그걸 찾아봐야지."

A가 대답했다.

[동영상]   반상회.mov

　거실에 여러 사람이 둘러앉아 있다. 탁자에 간단한 과일과 과자가 놓여 있다. 사람들은 부산하게 움직이거나 다른 이와 대화하거나 혹은 휴대폰을 만지작거린다. 잠시 후 중앙에 앉아 있던 중년 여자가 "여기요!" 하고 목소리를 높인다. 모두 하던 일을 멈추고 여자를 향해 시선을 돌린다. 여자가 말한다.

　"그러면 빌라 대표로서 오늘 반상회 시작할게요."

　참석자 중 몇 명이 어정쩡하게 박수를 치자 곧 모두 따라서 치기 시작한다. 대표는 가볍게 고개를 숙여 보인 후 돌아가며 인사하고 소개라도 하자고 제안한다. 그 뒤로는 참석한 사람들의 소개가 계속된다. 몇 호에 사는 누구인지를 말하고 나면 어김없이 박수가 이어진다. 마지막으로 소개한 이는 김도형 씨다.

그의 모습은 보이지 않고 목소리만 들린다.

"안녕하세요? 402호 사는 김도형이라고 합니다. 오늘 촬영을 허락해 주셔서 감사합니다. 부디 좋은 결과로 이어지면 좋겠습니다."

그러고 박수. 시들시들한, 박수.

참석자들 표정은 대체로 어둡다. 다과에는 아무도 손을 대지 않는다. 뭔가 말을 꺼내는 이도 없다. 침묵의 무게가 임계점에 다다르기 직전 대표가 입을 연다.

"이미 다들 아시겠지만, 오늘은 우리 빌라의 문제점에 관해 이야기해 봐요. 가감 없이. 뭐라고 할까… 현재 겪고 있는 어려움을 다 같이 나눠보자는 거죠."

"근데 그렇게 한다고 도움이 될까요?"

단발머리를 한 젊은 여자가 묻는다.

"우선은 서로 이야기라도 나눠봐야죠. 무슨 일이 있는 건지 정확히 파악이라도 해야 대책을 세우든지 말든지 할 테니까."

그렇게 말한 사람은 머리가 희끗희끗한 중년 남자다. 동그란 테의 안경이 콧잔등에 걸려 있다. 남자의 말이 끝나자 여기저기서 동의한다는 듯 "그래요." "맞아요." 하는 말이 들린다. 대표는 그런 소리를 잠자코 듣고 있다가 다시 입을 연다.

"우리 로즈 힐 빌라의 열네 세대 주민은 입주한 시기는 다르지만 그래도 같은 공동체라면 공동체죠. 제가 알기로 다들 여길 사서 왔잖아요. 그 말은 당장 이사 갈 집 구하기도 힘든 처지란 거고요. 집값 내려갈까 봐 이상한 소문 나는 거 원치 않은 사람이 있는 것도 이해해요. 그런데 어쩌겠어요? 당장 여기서 제정신으로 살기가 힘든 상황인데. 이 빌라 지은 건설사하고는 연락도 안 돼요. 그러니 책임을 물을 데도 없죠. 그리고… 다들 알잖아요. 지금 이거, 건물 하자 문제가 아니라는 거."

"하자 문제가 아니면 어떻게 설명해야 할까요?"

얼굴이 길쭉한 남자가 묻는다. 대표가 대답한다.

"다들 이 집을 떠나려는 생각, 한 번쯤 하셨죠? 저도 했어요. 그런데 결과는요? 이사는커녕 그 흔한 여행도 못 가고 다들 여기 모여 있어요. 빌라를 떠나려고만 하면 꼭 무슨 일이 생기지 않아요? 저만 그런 가요?"

"대표님 말씀이 맞아요. 저희도 영 찜찜해서 여길 나가려고 했는데 쉽지 않더라고요. 부동산에 집을 내 놔도 보러 오는 사람이 없어요. 그나마 오더라도 쓱 둘러보곤 마음에 안 든다며 가버리기 일쑤고…. 그나 저나 사원증 건 여자나 남자 보신 분 또 없으세요?"

그렇게 말한 사람은 앞선 영상에도 등장한 202호 남자다. 곧 사람들 틈에서 누군가가 대답한다.

"저도 봤어요. 목에 사원증 건 젊은 남자가 공동 현 관 쪽에서 기웃거리고 있기에 누구냐고 묻고 잠시 고 개 돌렸더니 그사이에 사라지고 없었어요. 어휴."

"자, 이래도 하자 이야기만 할 건가요? 근본적인 문 제가 뭔지, 그걸 알아야 하지 않겠어요?"

대표의 날 선 질문에 아무도 반박하지 않는다. 쓸 쓸하고 곤혹스럽다는 표정으로 다들 입을 다물고 있 을 뿐이다.

"마, 맞아요. 저희 릴리가 죽었는데… 너무 끔찍하

게 죽었는데… 그게 그냥 집을 잘못 지어서 그런 건 아니잖아요!”

울먹거리며 말한 이는 통통한 체격의 젊은 남자다. 누군가가 묻는다.

“릴리가 누굽니까?”

“앵무새요. 제가 키우던 앵무샌데, 릴리랑 조이 두 마리가 서로 진짜 친했거든요. 근데 릴리가 죽으면서 조이도 덩달아 모이를 안 먹고….”

“릴리는 어떻게 죽었습니까?”

카메라 뒤에서 김도형 씨가 묻는다. 통통한 남자가 눈물을 훔치며 대답한다.

“목이 부러졌어요. 조이가 너무 크게 울어서 새벽에 나가보니 목이 완전히 돌아가서는 죽어 있었어요. 누가 일부러 비튼 게 아니면 그렇게 될 수 없거든요, 그게.”

“혹시 새장에 부딪혔다거나 그런 건 아니죠?”

이번에는 대표가 묻는다. 통통한 남자는 크게 고개를 가로젓는다.

"앵무새가 얼마나 똑똑한데요! 절대 그럴 리 없어요. 그리고… 이건 정말 말 안 하려 했는데 조이가 이상한 소리를 했거든요."

"무슨 소리를…."

대표가 다시 묻는다.

"제, 제가 그 장면을 찍었거든요."

통통한 남자는 그렇게 말하며 자기 휴대폰을 꺼내 동영상을 실행한다. 김도형 씨가 카메라를 조작한 듯 줌인이 되며 휴대폰 화면이 크고 또렷하게 보인다.

커다란 새장에 오렌지색 머리와 초록색 몸통을 한 앵무새가 날개를 퍼덕이고 있다. 바닥에는 이미 죽어 딱딱하게 굳은 목 부러진 앵무새가 쓰러져 있다. 살아남은 앵무새는 찢어지는 듯한 소리로 같은 말을 반복한다.

"죽인다! 죽인다…."

"그만!"

누군가가 새된 소리를 지른다. 남자가 재빨리 휴대폰을 끈다. 아무런 소리도 들리지 않는다. 움직이는 사람도 없다. 마치 정지 화면 같은 몇 분이 흐른다. 침묵을 깬 이는 김도형 씨다. 그의 목소리가 들린다.

"조이라는 앵무새가 원래 모르던 말이었습니까?"

"당연하죠! 앵무새한테 누가 이런 말을 가르치겠어요?"

통통한 남자는 답답하다는 듯 되묻는다. 그러자 기다렸다는 듯 너도나도 말을 쏟아낸다.

"며칠 전에 문이 저절로 닫히는 바람에 애가 다칠 뻔했어요."

"화장실 배관을 타고 자꾸 이상한 소리가 들려요."

"엘리베이터! 그게 제일 문제라니까! 무서워서 타겠어요?"

"칫솔 보신 분? 혹시 만져도 봤어요? 어땠어요?"

"여기 낮이고 밤이고 아무리 전등을 켜놔도 어두컴컴하잖아요. 이 집도 봐요. 거실 전등 다 켰는데 왠지

어둡잖아요. 저만 이렇게 느껴요?"

"개미지옥 아세요? 거기 들어온 기분이에요. 한번 발을 들이면 절대 빠져나갈 수 없고, 결국 그 지옥 안에서 죽게 되잖아요."

"그러면 뭐예요? 다들 이 빌라가 귀신 들린 집이라 이거예요? 너무 흥분하지들 마시고 좀 이성적으로 생각….'

"잠깐! 잠깐만요."

사람들이 목소리를 높일 때도 가만히 생각에 잠겨 있던 대표가 문득 사람들을 찬찬히 살피더니 불쑥 외친다. 표정이 심상치 않다. 눈은 알전구를 박아 넣은 듯 잔뜩 커졌고, 멍하니 벌어진 입에서는 금방이라도 침이 떨어질 것만 같다. 모두의 이목이 대표에게 집중된다. 대표는 입을 뻐금거리다가 이윽고 말을 만들어낸다.

"여, 여기에 한 명이 더 있어요."

"네? 그게 뭔 말이에요?"

누군가가 묻고, 대표가 대답한다. 떨리는 목소리로.

"오늘 모이기로 한 인원이 스물두 명이었어요. 그리고 아까 자기소개 할 땐 분명 스물둘이 맞았고요. 그런데… 방금 세니까 스물셋이 있어요. 확실해요. 스물셋."

대표의 말에 모두 주위를 둘러본다. 다들 당황스러운 표정이다. 김도형 씨는 기다렸다는 듯 카메라로 한 사람, 한 사람 얼굴을 클로즈업한다.

그 순간이다.

502호의 모든 불이 꺼진 것은.

암흑에 휩싸인 거실에서 사람들이 작게 비명을 내지른다. 카메라는 자동으로 적외선 모드가 된다. 빛의 증폭으로 초록색이 된 사람들은 모두 눈을 휘둥그레 뜨고 있다. 동그란 점 수십 쌍이 반딧불처럼 허공에서 흔들린다.

"모두 침착하세요. 정전일 겁니다!"

김도형 씨가 외치지만 이내 누군가의 비명에 묻히고 만다.

"으악! 누가 내 목덜미에 입김을 불었어요! 너무 차

가워!”

“나, 나도!”

“저도요!”

거실은 아수라장이 된다. 카메라도 갈 곳을 잃고 이리저리 흔들린다. 다들 앞다퉈 휴대폰을 꺼내 플래시를 켠다. 그러면서 자리에서 일어난다. 옆 사람이 부딪쳐서 넘어지건 말건 아무도 신경 쓰지 않는다. 아비규환을 잠재운 건 의외의 소리다.

“죽인다!”

인간이 내는 소리라 할 수 없는 음성이 마치 비명처럼 허공에서 울려 퍼진다. 동시에 뭔가가 퍼덕거리며 천장 바로 아래에서 맴돌기 시작한다. 모든 휴대폰 플래시가 일제히 천장으로 향한다.

앵무새다.

휴대폰으로 봤을 때보다 실물이 훨씬 크다.

조이라는 이름의 앵무새가 미친 듯이 천장과 바닥 사이를 헤집으며 날아다닌다. 그러면서 외친다.

죽인다! 죽인다!

"안 돼!"

어두워서 잘 보이지는 않지만, 아마도 앵무새 주인으로 짐작되는 통통한 남자가 절규한다. 뒤이어 앵무새가 소리를 뚝 멈춘다. 그런 채로 거실 천장에 달린 샹들리에 모양 전등 갓에 앉는다. 휴대폰 플래시 덕분에 앵무새는 너무나도 잘 보인다. 주억거리는 머리, 잔뜩 부푼 가슴, 꿈틀거리는 꼬리, 뒤룩뒤룩 움직이는 눈알까지. 한동안 조명을 받으며 주인공 행세를 하던 앵무새가 크게 날개를 퍼덕인다. 순간 조이의 목이 이상한 각도로 비틀리기 시작한다. 점점 더, 마치 보이지 않는 손이 꽉 움켜쥐고 서서히 힘을 주기라도 하듯이.

"조이!"

통통한 남자가 벌떡 일어나 앵무새를 향해 손을 뻗으려는 찰나, 뿌직하는 기분 나쁜 소리와 함께 조이의 목이 완전히 반대 방향으로 꺾인다. 앵무새 조이는 주둥이가 등 쪽으로 향한 이상한 자세에서도 몇 번 더 날개를 움직이다가 이내 바닥으로 떨어진다.

동영상은 거기서 끝난다.

여러분께 조언 구합니다(흉가 관련)!

 **미래는작가** 준회원
20××년 7월 13일 ××:××   URL 복사 :

안녕하세요? 눈팅만 열심히 하는 미래는작가입니다. '공포를 사랑하는 모임'에서 오래 활동했으면서도 그동안 남긴 글이 없네요. 첫 글이 질문 글인 점 양해 부탁드립니다. 그리고 지금부터 말씀드릴 건 절대 창작이 아니니 신중하게 답변해 주시면 정말 감사하겠습니다.

그럼, 본론으로 들어가겠습니다.

저는 서울의 신축 빌라에 몇 달 전 입주했습니다. 생애 첫 집이었고, 뭔가 새로 시작하는 기분이 강했기에 무척 들떠 있을 수밖에 없었습니다. 지금 살고 있는 빌라는 신축인데도 전 세대가 시세에 비해 저렴했기에 저 같은 프리랜서도 덜컥 계약할 수 있었습니다. 사실 시세가 저렴하다는 데에는 함정이 있다고 생각했어야 하는데 그땐 새집에 눈이 멀어 그러지 못했네요.

아무튼 이 집, 그러니까 제가 사는 빌라는 밤낮없이 어두컴컴합니다. 그리고 습합니다. 에어컨을 안 틀었는데도 서늘한 기운이 떠돕니다. 이 정도만 말씀드려도 전문가는 대충 눈치채실 수 있겠죠.

네. 맞습니다. 아무래도 이 빌라에 귀신이 있는 것 같습니다. 저는 종교가 없지만, 귀신의 존재는 믿습니다. 그리고 관련 사례도 여럿 찾아봤습니다. 단순 하자가 아닌 심령현상이라고밖에는 설명할 수 없는 일이 계속 발생합니다.

어제는 빌라 202호에 사는 일곱 살 남자아이가 감쪽같이 사라졌습니다. 202호 엄마가 빌라 단톡에 그 사실을 알렸고, 대표가 현관 CCTV를 확인했지만 아이는 보이지 않았습니다. 그래서 다들 빌라 전체를 뒤졌는데 결국 아이를 발견한 곳은 옥상이었습니다. 그 아이 엄마 말로는 혹시나 해서 옥상 문을 열고 들어가 봤더니 아이가 난간에 서 있더라는 겁니다. 조심스레 다가가 아이를 구하는 데는 성공했지만… 미스터리는 풀리지 않았습니다. 왜냐하면 옥상 문은 자물쇠로 잠겨 있었거든요.

이런 이해할 수 없는 일들이 매일 발생하고, 그것도 점점 더 심해집니다. 아무런 대책을 세우지 못한 가운데 제가 틈틈이 녹화하고 사진을 찍고 있지만 이제는 너무나 무섭습니다. 그래서 여기 회원님들께 도움을 받으려고 합니다.

백 마디 말보다 사진 한 장, 영상 하나가 더 확실할 것 같아서 함께 올립니다.

조금이라도 영감이 있거나, 아니면 이런 쪽에 조예가 깊어 도움을 주실 수 있는 분은 댓글 남겨주세요.

도움이 절실합니다.

첨부파일 1 옥상.jpg

첨부파일 2 현관.jpg

첨부파일 3 0711_1.mov

미래는작가 님의 게시글 더보기 〉   공유 ｜ 신고

샤이닝 ｜ 옥상 사연은 진짜 섬뜩하네!

제이슨 ｜ 난 사진 봐도 모르겠는데 영상은 약간 소름 돋는다.

　　↳ 나도!

익명 ｜ ㅈㅅ 추천! ㅋㅋㅋ

전우치 ｜ 당장 거기서 나와! 거긴 음지고 흉지야!

　　↳ 님 뭐 좀 앎?

　　↳ 그냥 허세지ㅋㅋ

　　↳ 진짜 뭘 아는 거면 빨리 조언 좀 해줘. 나도 위험해 보이

　　거든.

유령 ｜ 엘리베이터는 단순 기계 고장 아닌가?

익명 ｜ 축하축하! 어그로 성공!

가위손 ｜ 다들 현관 사진 제일 구석에 허연 거 보이지 않냐?

　　↳ 어? 뭐가 보임?

　　↳ 저거 뭐지? ㄷㄷㄷ

　　↳ 설마 사람인가?

　　↳ 뭐가 보인다는 거야?

ㄴ 네발자전거 뒤에 흰 게 서 있잖아!

ㄴ 주작 그만!

전우치 ┃ 미래는작가 님한테 쪽지 보냈어요.

미래는작가 ┃ 감사합니다! 바로 연락드릴게요!

402호에 모인 넷은 반상회 동영상과 김도형 씨가 공포 커뮤니티에 올린 게시물까지 확인한 뒤 의견을 교환했다. 네 사람 모두 넓은 거실에서 이야기를 나누는 게 낫다는 데 찬성해 자리를 옮겼다. A와 B가 소파에 앉고, 박해수는 서 있었다. C 역시 거실 모서리에 서서 나머지 셋을 찍었다.

"이제 인정할 수밖에 없겠어요. 여기서 일어난 일은 절대 조작한 게 아니에요."

B의 말에 A는 고개를 끄덕였다.

"그래. 나도 그렇게 생각해. 김도형 씨가 왜 우리에게 도움을 청했는지도 알겠고."

"우리라면 본인을 도와줄 거라 판단했던 거야."

C가 툭 한마디를 던졌다.

"그러면 이제 뭘 하죠?"

박해수가 물었다.

"나눠서 움직이면 어떨까요? 저랑 해수 씨가 빌라 입주민 인터뷰를 하고, B와 C는 이곳에서 김도형 씨가 남긴 기록이나 단서를 더 찾아보는 거죠. 제가 휴대폰으로 촬영할게요."

A의 제안에 다들 찬성했다.

"조심하세요. 무슨 일이 벌어질지 모르니까…."

"아니지. 무슨 일이라도 벌어져야 도움이 되지. 우리가 조사를 시작했는데 막상 아무것도 안 나온다면 그게 제일 허무한 거야. 뭐라도 나와야 세상에 알리기도 하고, 그걸 토대로 김 작가 행방도 찾을 수 있을 테니까."

C가 한 말에 B는 동의할 수 없었다. 적어도 이번만큼은.

"하지만 사람이 죽었잖아요! 우리 눈으로 그걸 본 게 불과 1시간 전 일이에요. 솔직히 전 아직도 심장이 너무 두근거려서 마음을 가라앉히기 힘들어요. 경찰은 자살이라고 하지만 만약에 이게 귀신의 짓이라면…."

B는 생각만 해도 괴로운지 얼굴을 잔뜩 찡그렸다. 그러자 A가 말했다.

"맞아. 조심해서 나쁠 건 없어. 우리가 아무리 이런 쪽 작품을 많이 만들었다 해도 이 정도까지 심각했던 적은 거의 없으니까."

"그런데 정말 귀신의 소행이긴 한 걸까요? 아! 아까도 말씀드렸듯이 전 이런 장르를 무척 좋아해요. 하지만 귀신이 이 모든 짓을 했다는 게 왠지… 음… 너무 비현실적이라고 할까요? 아무튼 그래요. 막상 이런 상황에 닥치고 보니 황당하다는 생각을 먼저 하게 되네요. 여러분 생각은 어떠세요?"

박해수의 말에 A가 이해한다는 듯 조용히 대답했다.

"무슨 말씀인지 압니다. 솔직히 말하자면 저도 백 퍼센트 확신은 없어요. 저 역시 심령현상에 열광하고 여태 그런 걸 찾아다녔는데, 이렇게 코앞에 닥치고 보니 부정하고 싶다는 생각이 먼저 들거든요."

"사실 제가 원하는 건 딱 하나예요. 도형 씨를 무사히 찾는 거죠. 여러분도 그런 의도라면 기꺼이 돕겠지만, 혹시라도 이 일을 돈벌이로 생각해서…."

"아! 그건 절대 아닙니다."

박해수가 말을 채 끝내기도 전에 A가 다시 입을 열었다. 이번에는 목소리가 조금 더 커졌다. A는 재빨리 말을 이었다.

"김도형 씨와 저희는 단순한 비즈니스 관계가 아니었습니다. 친구나 다름없었어요. 그러니 저희가 제일 바라는 것도 김도형 씨를 찾는 겁니다. 그게 아니었다면 경찰에 신고하고 바로 돌아갔을 거예요. 저희도 위험을 감수하고 싶진 않거든요."

"좋아요. 그러면 저도 말씀하신 대로 할게요. 빌라 주민들 만나보죠."

"감사합니다. 그럼, 움직여 볼까요?"

A는 그렇게 말하며 나머지 두 사람을 돌아봤다. B와 C는 말없이 고개를 끄덕였다. 소파에서 일어난

A가 박해수와 함께 현관으로 향했다. 그때 C가 문득 생각났다는 듯 말했다.

"현관 CCTV 말이야, 그거 한번 확인해 봐. 김 작가가 현관으로 나갔다면 분명히 찍혀 있을 테니까. 공동 현관 뒤쪽 벽에 아마 컨트롤 박스가 있을 거야."

"알았어. 거기부터 옥상까지 싹 둘러보지."

신발을 신으며 A가 말했다. 번개와 천둥이 친 건 그 직후였다. 아주 가까이에 떨어진 것 같았다. 하늘이 두 쪽으로 쪼개지는 게 아닌가 할 정도로 큰 소리가 울려 퍼졌다. 잠시 환해졌던 바깥은 금세 다시 어둑어둑해졌다.

둘이 밖으로 나간 뒤 B와 C는 곧장 안방으로 향했다. B는 의자에 앉자마자 공포 커뮤니티의 쪽지함을 확인했다. 자동 로그인이 된 상태라 확인하는 데 어려움은 없었다. B는 사라진 김도형 씨가 이런 때를 대비해 로그아웃을 안 한 게 아닌가 짐작했다. 쪽지함에는 '전우치'로부터 쪽지가 한 통 와 있었다.

보낸이 전우치

받는이 미래는작가

그 빌라는 음지에 세워졌습니다. 큰일이 벌어질 수도 있습니다.

메일 주소 알려주시면 자세히 이야기해 드리겠습니다.

"메일을 확인해 봐야겠어요."

B가 C를 향해 말했다.

"난 계속 찍고 있을 테니 빨리 살펴봐."

C는 카메라에서 눈을 떼지 않은 채 대답했다.

[CCTV]   현관 앞_0727_16시 20분경

택배 기사가 비밀번호를 누르고 빌라 안으로 들어간다. 손에 작은 상자를 들고 있다. 1분이 채 지나기도 전에 택배 기사가 밖으로 달려 나온다. 거의 넘어질 듯 뛰쳐나온 택배 기사는 숨을 헐떡이며 빌라 안을 응시한다. 그는 여전히 들고 있던 택배 상자를 막 닫히기 시작한 현관문으로 던져 넣는다. 그러고는 뒷걸음질 친다. 시선은 여전히 현관 안 어딘가에 꽂혀 있다. 모자에 가려 표정을 볼 수는 없지만 비틀거리는 걸음걸이만으로도 그가 큰 충격을 받았다는 건 짐작이 가능하다. 택배 기사는 금세 CCTV의 사각지대로 사라진다. 마지막 몇 걸음은 거의 뛰는 듯하다.

2분 10초가 지난 시점, 화면이 일그러지더니 갑자기 16시 30분으로 건너뛴다. 어설픈 편집자가 장면

두 개를 거칠게 이어 붙인 것만 같다.

공동 현관 앞에 누군가가 서 있다.

말끔하게 검은색 정장을 차려입은 남자다. 마른 체격에 키가 크고 어깨는 구부정하다. 목에 사원증을 걸고 있다. 남자는 구부정한 자세 그대로 현관문 안을 들여다본다. 사원증이 목에서 달랑거린다. 무언가를 찾고 있는 것 같다. 남자가 움직인다. 옆으로 왔다가 갔다가, 다시 또 왔다가 갔다가…. 그런 뒤 남자는 다시 문에 바짝 붙어 빌라 안을 본다. 순간 남자의 어깨가 들썩인다. 표정도 바뀐다. 재미있는 걸 발견한 듯 입꼬리를 한껏 올리며 키득거린다. 무음의 세계에서도 남자의 웃음이 들릴 것만 같다.

키키키키.

한참 웃던 남자가 고개를 움직인다. 45도 각도로 비스듬히 위를 올려다본다. CCTV가 달린 바로 그 위치를. 남자가 CCTV를 응시한다. 아니다. 남자는 볼 수 없다. 눈이 있어야 할 자리에는 동굴처럼 깊고 어두운 구멍 두 개가 뚫렸을 뿐이다. 그 아래로 코가 보이고… 찢어질 듯 벌어진 가느다란 입술이 보인다.
남자의 눈, 그것이 존재하든 하지 않든, 어쨌든 그것
이 CCTV 너머의 누군가를 응시한다. 노려본다. 뚫
어지게. 입술이 움직인다. 벙긋벙긋. 입술은 곧 말을
만들어낸다.

죽인다.

죽인다.

죽인다!

"헉!"

A는 짧은 신음을 토해내며 모니터 앞에서 물러났
다. 그러고는 반사적으로 시간을 확인했다. 오후 4시
30분이었다. 설마 하면서도 고개가 저절로 돌아갔다.
바로 뒤편, 공동 현관으로.

문 앞에는 아무도 없었다. 검은색 정장을 입은, 눈
구멍이 크게 뚫린 남자는 보이지 않았다. 하지만 A는
다른 걸 발견했다.

작은 택배 상자였다.

그게 계단 바로 밑에서 뒹굴고 있었다.

"저거 봤어요?"

A가 천천히 일어나며, 눈은 택배 상자에 고정한 채 박해수에게 물었다.

"아뇨. 제가 여기 들어올 때도 없었는데…."

박해수는 그렇게 말했다.

"저희도 물론 못 봤습니다. 아니, 어쩌면 김도형 씨 집에 있던 사이에 택배 기사가 놓고 간 걸 수도 있지만…."

아니란 걸 알았다. 애써 부인해 봐도 이 상자가 이틀 전 CCTV 영상 속의 바로 그 상자라는 사실은 변하지 않았다. A는 문으로 다가가 조심스레 상자를 집어 들었다. 가벼웠다. 받는 사람은 '김도형'이었다. 우연치고는 너무 기막혔다. 어느새 옆으로 온 박해수가 말했다.

"보낸 사람 이름이 없네요."

그 말 그대로였다. 송장의 '보내는 사람' 칸은 비어 있었다. 편지라면 몰라도 택배가 이렇게 배송될 리만무했다.

"이게 어떻게 된 일일까요? 녹화된 CCTV 영상을 확인했지만 김도형 씨가 밖으로 나가는 모습은 없었어요. 그런데 다른 건 찍혔죠. 택배 기사와 정장 입은 남자. 해수 씨도 봤죠? 하필이면 4시 30분에 그 남자가…."

A의 말을 박해수가 이어 받았다.

"CCTV 쪽으로 고개를 돌렸고, 그전에는 택배 기사가 바로 이 상자를 던지고 갔죠. 저도 똑똑히 봤어요."

"뭐가 뭔지 모르겠네요."

"이 택배, 열어보면 어떨까요?"

"하지만…."

김도형 씨 앞으로 온 거라고 말하려다가 A는 입을 다물었다. 지금 중요한 건 그런 게 아니었다. 뭐든 단서가 될 만한 게 있다면 찾아내야 했다. A는 말없이 상자에 붙은 테이프를 뜯어냈다. 박해수가 옆에서 지켜보고 있었다. 곧 상자가 열렸다. 그 안에 든 건 일회

용 라이터였다. 빨간색 몸체는 뜨거운 것에 닿은 듯 반쯤 녹아 있었다.

"누가 이걸 보냈을까요?"

박해수가 물었다.

"알 수가 없네요, 정말. 일단 제가 가지고 있겠습니다."

A는 그 말과 함께 라이터를 바지 주머니에 넣었다. 그때 계단 위에서 발소리가 들렸다. A는 힐끔 올려다봤다. 예닐곱 살 정도로 보이는 남자아이가 난간 사이로 고개를 내밀고 있었다. 얼굴이 뽀얗고 눈이 큰 아이였다.

"왜 왔어요? 여기 오면 안 돼요."

아이가 작은 소리로 말했다.

"아… 누굴 좀 찾으려고 왔어."

A가 말하자 아이는 바로 물었다.

"누구요?"

"혹시 402호 사는 아저씨 아니? 우린 그 아저씨 친구거든."

“몰라요. 전 202호 살거든요.”

순간 A 머릿속으로 뭔가가 스치고 지나갔다. 그는 박해수와 눈짓을 주고받았다. 202호라면 바로 그 아이일 것이다. 사라졌다가 옥상에서 발견된 아이.

“아저씨가 뭐 좀 물어봐도 될까?”

A는 조심스레 질문을 던졌다. 아이는 고개를 갸웃거리다가 쪼르르 계단을 달려 내려왔다. 그러고는 궁금증 가득한 표정으로 말했다.

“아저씨 경찰이에요? 그렇다면 대답 못 해요.”

“아니야. 아저씬 여러 동영상을 찍고 만드는 사람이야.”

“유튜브 같은 거요?”

아이 목소리가 높아졌다.

“그렇지. 그러면 합격이야? 내 질문엔 대답해 줄 수 있어?”

아이는 고개를 끄덕끄덕했다. 그러고는 다시 목소리를 낮춰 속삭이듯 말했다.

“우리 엄마한테 말 안 한다고 약속해요.”

“물론이지. 약속 지킬게.”

A는 그렇게 말한 뒤 아이에게 물었다.

“그런데 아저씨가 휴대폰으로 찍는 건 괜찮을까? 엄마한텐 절대 보여주지 않을게.”

“네. 좋아요.”

휴대폰을 꺼내든 A는 계단에 앉아 자기를 올려다보는 아이를 향해 천천히, 그리고 부드럽게 물었다.

“옥상에 올라갔던 날 이야기를 해줄래?”

전우치입니다! 받은 메일함 ×

보낸 사람   전우치   2025년 7월 14일 (월) 오전 9:11
받는 사람   김도형   답장 | 전체 답장 | 전달

안녕하세요?

쪽지 드렸던 전우치입니다.

우선, 결론부터 말씀드리겠습니다. 그 집에서 당장 나오세요. 매우 위험합니다.

제 신상을 자세히 밝힐 수는 없지만, 저는 무속 신앙과 관련한 일을 하고 있습니다. 무당이라는 뜻은 아닙니다. 어디까지나 영감을 타고나서 운명처럼 이 일을 할 뿐입니다.

게시판에 올려주신 사연과 동영상을 보고 깜짝 놀랐습니다. 엘리베이터가 저절로 움직이고 정원 초과 경고음이 들린 건 결코

기계 고장 때문이 아닙니다. 거기엔 영가가 가득 타고 있었습니다. 너무나도 끔찍한 모습을 하고서….

그 빌라가 지어지기 전에 분명 큰 사고가 있었을 겁니다. 우리는 그런 곳을 **음지의 집**이라고 표현합니다. 혹시 들어본 적 있으십니까? 아마 잘 모르실 거라고 짐작합니다. 제가 말하는 음지는 단순히 햇빛이 들지 않아 어둡고 습한 곳을 의미하는 게 아닙니다. 그건 그냥 사전적 정의일 뿐이죠.

무속에서의 음지는 음기가 서린 곳을 말합니다. 음기가 양기보다 훨씬 강한 곳, 그래서 필연적으로 영가가 꼬일 수밖에 없는 곳이 바로 음지입니다. 그런 곳에 집을 지으면 얼마 못 버티고 흉가가 됩니다. 낡고 오래된 집이 흉가로 변한다고 많이들 알고 있는데 잘못된 정보입니다. 그런 집은 원래 흉가였기에 버려져서 영영 주인을 찾지 못하게 된 것입니다. 선생님이 지금 살고 있는 빌라가 바로 그런 곳입니다.

그러니 그곳에서 하루라도 빨리 나오시기를 바랍니다. 엘리베이터에만 영가가 있는 게 아닙니다. 올려주신 현관 사진에도 머리카락이 긴 여자가 있었습니다. 무시무시한 음기를 내뿜으면서. 어쩌면 그 영가가 다른 영가를 조종하는지도 모르겠습니다.

RE: 전우치입니다!

보낸 사람	김도형	2025년 7월 14일 (월) 오후 4:35
받는 사람	전우치	답장 | 전체 답장 | 전달 | 다시 보내기

메일 정말 감사합니다!

이 빌라가 심상치 않은 곳이라는 짐작은 했는데 그 정도로 최악일 줄은 몰랐습니다.

사실 저는 영화 시나리오를 쓰는 사람으로 처음에는 빌라에서의 일을 취재해 멋진 이야기로 만들어보려 했습니다. 하지만 제가 받아들이고 견딜 수 있는 선을 아득히 넘는 사건이 연달아 일어나는 바람에 게시판에 글까지 올리게 됐습니다.

이곳에는 저 말고도 열세 세대가 더 사는데 하나같이 당장 이사할 여력이 없습니다.

이럴 때는 어떻게 해야 할까요?

원혼을 달랜다거나, 퇴마한다거나 이런 식의 해결 방법은 없을까요? 저는 무속인은 아니지만 그래도 일반 사람과 비교해서는 그쪽에 해박하다고 자부합니다. 공부도 좀 했고요. 그러니 작은 힌트라도 주신다면 제가 한번 시도해 보겠습니다.

아니면 역시 용한 무당을 찾아가는 게 맞을까요?

RE: RE: 전우치입니다! 받은 메일함 ×

보낸 사람　전우치　　　　　　　　2025년 7월 16일 (수) 오전 9:11
받는 사람　김도형　　　　　　　　답장 | 전체 답장 | 전달

답장이 늦어 죄송합니다.

일이 있어 급히 다른 지역에 다녀오느라 제때 이메일을 드리지 못했습니다. 부디 그사이에 변고가 없었길 바라며 부탁하신 부분에 대해 답변드립니다.

무당이 다 해결해 줄 수 있는 건 아닙니다. 원혼을 달래는 굿을 하고 싶어도 그 대상이 명확해야 효과를 발휘합니다. 지금처럼 아무것도 모르는 상태에서는 지노귀굿이나 퇴마 의식도 소용이 없습니다.

그러니 우선으로 해야 할 일은 빌라가 지어지기 전 그 땅에서 어떤 일이 있었는지를 밝히는 겁니다. 하지만 그건 시간이 걸리는 일이기도 할 겁니다.

제가 임시방편으로 한 가지 방법을 알려드리겠습니다. 그대로

하십시오.

피가 묻은 생돼지고기를 흰 천에 싸서 층마다 하나씩 걸어놓으세요. 사람 손이 닿지 않게 높이 걸어야 합니다. 고기가 상하면 다시 싱싱한 것으로 바꿔줘야 합니다.

우선은 이렇게 버텨보고 혹 조사하는 중에 뭔가 나온다면 꼭 알려주세요.

RE: RE: RE: 전우치입니다! 보낸 메일함 ×

보낸 사람　김도형　　　　　　　2025년 7월 18일 (금) 오후 5:20
받는 사람　전우치　　　　　　　답장 | 전체 답장 | 전달 | 다시 보내기

알려주신 비방은 아무래도 효과가 없는 듯합니다.

어제(17일), 601호에서 사고가 있었습니다. 거기에는 노부부 두 분이 살고 있었는데 할아버지가 돌아가셨습니다. 짐작하셨겠지만, 자연사가 아닙니다. 할아버지는 부엌칼로 자기 목을 베었다고 합니다. 비명이 들려 달려 올라가 보니 이미 사건이 벌어진 뒤였습니다.

피바다가 된 주방 한가운데 할아버지가 쓰러져 있더군요.

그런데… 턱 바로 밑에 난 긴 상처에서 울컥울컥 피를 쏟아내면서도 할아버지는 숨이 붙어 있었습니다.

그것도 그냥 살아 있는 게 아니라 온몸을 뒤틀면서 웃고 있었습니다.

낄낄거리던 그 소리가 아직도 귓가에 생생합니다.

이제는 도저히 견딜 수 없습니다. 저만이 아닙니다. 빌라 주민 모두 한계에 다다른 듯합니다. 결국 무당을 부르자는 쪽으로 의견이 모이고는 있지만… 아직 확정된 건 아닙니다.

그리고 조언해 주셨던 이 토지의 과거 이력 관련해서는 동네에서 제일 오래된 부동산 사장님과 만나서 인터뷰하기로 했습니다. 작은 단서라도 나오면 바로 연락드리겠습니다.

RE: RE: RE: RE: 전우치입니다! 받은 메일함 ×

보낸 사람   전우치

받는 사람   김도형

2025년 7월 19일 (토) 오전 9:11

답장 | 전체 답장 | 전달

고인의 명복을 빕니다.

그 비방이 통하지 않는다면 어쩔 수 없군요.

그런데 혹시 죽은 그 영감이 이렇게 웃지 않았습니까?

키키키키.

RE: RE: RE: RE: RE: 전우치입니다! 보낸 메일함 ×

보낸 사람　김도형　　　　　　2025년 7월 19일 (토) 오후 2:03
받는 사람　전우치　　　　　　답장 | 전체 답장 | 전달 | 다시 보내기

이게 뭡니까?

너무 당황스럽네요. 정말로 전우치 씨가 보낸 겁니까?

무슨 의도인지 궁금하네요.

RE: RE: RE: RE: RE: RE: 전우치입니다!

키키키키키키키키키키키키키키키키키키키키키키키키키키키키키키

키키키키키키키키키키키키키키키키키키키키키키키키키키키키키키

키키키키키키키키키키키키키키키키키키키키키키키키키키키키키키

키키키키키키키키키키키키키키키키키키키키키키키키키키키키키키

키키키키키키키키키키키키키키키키키키키키키키키키키키키키키키

키키키키키키키키키키키키키키키키키키키키키키키키키키키키키키

키키키키키키키키키키키키키키키키키키키키키키키키키키키키키키

키키키키키키키키키키키키키키키키키키키키키키키키키키키키키키

키키키키키키키키키키키키키키키키키키키키키키키키키키키키키키

키키키키키키키키키키키키키키키키키키키키키키키키키키키키키키

키키키키키키키키키키키키키키키키키키키키키키키키키키키키키키

키키키키키키키키키키키키키키키키키키키키키키키키키키키키키키

키키키키키키키키키키키키키키키키키키키키키키키키키키키키키키

키키키키키키키키키키키키키키키키키키키키키키키키키키키키키키

키키키키키키키키키키키 전우치입니다!키키키키키키키키키키키키

키키 메키키키키키키키키키키키키키키키키키키키키키키키키키키키

키키키키키 전우치키키키키키키키키키키키키키키키키키키키키키키

키키키키키키키키키키키키키키키키키키키키키키키키키키키키키키

키키키키키키키키키키키키키키키키키키키키키키키키키키키키키키

그날도 유치원에 다녀왔어요. 집에는 엄마가 있었어요. 아빠는 회사에 갔어요. 동생은 자기 침대에 누워 자고 있었고요. 동생은 아기예요. 늘 울거나 냄새 지독한 똥을 싸요. 엄마는 동생만 좋아해요. 제가 동생이 자꾸 울어서 싫다고 하면 오빠가 그것도 못 참는다고 야단쳐요. 그래서 저는 동생이 싫어요.

동생이 계속 울었어요. 어제도 울고, 어제의 어제도 울고 자꾸만, 자꾸만. 밤에도 깨서 울었어요. 저는 잠도 못 잤어요.

유치원에서 돌아왔지만 하나도 신나지 않았어요. 동생이 또 울어서 머리가 아팠어요. 엄마는 동생을 계속 달랬지만 소용없었어요.

저는 귀까지 아파서 몰래 밖으로 나갔어요. 가끔

그렇게 했어요. 조용히 나갔다가 돌아와도 엄마는 몰랐어요. 그래서 괜찮겠다고 생각했어요.

놀이터는 너무 멀고 더우니까 저는 엘리베이터에서 놀기로 했어요. 그때가 처음은 아니었어요. 우리 집은 2층이라 엘리베이터 탈 일이 없지만 그래도 전 가끔 거기서 놀았어요.

뭘 하고 놀았느냐고요?

거울 놀이요!

엘리베이터에는 거울이 두 개 달려 있는데요, 이쪽에도 저쪽에도 다 제가 비쳐서 정말 신기해요. 제가 진짜 많아지니까요.

그럼 전 이쪽에 있는 저랑 저쪽에 있는 저랑 가위바위보를 해요. 그게 거울 놀이예요. 훨씬 많이 지지만 가끔 이길 때도 있어요. 그러면 기분이 좋아요.

그날은 이겼어요. 그것도 두 번이나!

그러니까 이쪽 거울 속의 제가 말했어요.

다른 대결을 하자고.

저는 좋다고 했고, 거울 속 저를 따라서 계단을 올

라갔어요. 4층을 지나고, 5층을 지나고, 6층을 지나고, 옥상까지 갔어요. 그때는 옥상 문이 열려 있었어요. 진짜예요!

옥상은 더웠어요. 힘이 쭉 빠졌어요. 엄마가 걱정할 것도 같았고요. 그래서 전 집에 가고 싶다고 말했어요. 그러니까 거울 속 제가 겁쟁이라고 놀렸어요. 저는 그 말이 듣기 싫어서 대결하자고 했어요. 이길 자신이 있었어요.

거울 속 저는 옥상에서 제일 높이 올라가는 쪽이 이긴다고 했어요. 저는 지는 게 싫어서 얼른 난간에 올라갔죠. 거기가 제일 높았으니까요. 그러니까 거울 속 제가 말했어요. 졌다고. 네가 이겼다고. 그러면서 소원을 하나 들어주겠다고 했어요.

그래서 저는 동생이 없어졌으면 좋겠다고 했어요.

그때 어른들이 올라온 거예요.

저는 다 기억하고 있었지만 일부러 기억 안 나는 척했어요. 전부 말해버리면 소원을 들어주지 않을 것 같아서 그랬어요.

엄마 아빠는 저한테 괜찮냐고 계속 물어봐 줬어요. 저는 괜찮다고 했죠.

그러고 두 밤을 자고 일어났는데 진짜로 동생이 없어졌어요! 아빠 말로는 동생이 큰 병에 걸려서 병원에 오래 있어야 한대요. 우리 집은 드디어 조용해졌어요. 저는 너무 기뻤어요. 근데 조금 무섭기도 했어요. 경찰 아저씨가 나쁜 소원을 빌었다고 저를 잡아가면 어쩌나 해서요. 그것만 아니면 정말 좋아요! 그래서 요즘은 많이 웃어요.

키키키키.

이렇게요.

그런데요, 비밀 하나 더 말해줄까요?

여기엔 우리만 사는 게 아니에요.

사실은···.

“너 거기서 뭐 해?”

문이 벌컥 열린다 싶더니 짜증 섞인 목소리가 날아들었다. 3분의 1쯤 열린 202호 문 사이로 인상을 잔뜩 구긴 남자가 얼굴을 내보였다. 쭉 찢어진 눈 밑이 거뭇거뭇하고 수염이 아무렇게나 자라 인상이 지저분한 남자였다. 아이는 남자의 목소리에 벌떡 일어나더니 바로 돌아섰다.

"아니야, 아빠."

남자는 아들을 한 번, 그리고 A를 한 번 노려본 후 조금 전보다 더 큰 소리로 외쳤다.

"빨리 들어와!"

아이는 아빠의 다그침에 움찔하더니 곧장 계단을 달려 올라갔다. 그러고는 문 사이로 쏙 사라졌다. 남자는 쾅 소리가 나게 문을 닫았다.

"아이 말을 어디까지 믿어야 할까요?"

A는 박해수에게 물었다.

"그러게요. 옥상 문이 잠겨 있었다는 건 확인된 사실인데 아이 말은 전혀 다르니…."

박해수는 그렇게 이야기하며 말끝을 흐렸다. A는 촬영 중이던 휴대폰을 끄고 주머니에 넣었다.

"202호 인터뷰는 불가능하겠네요. 어디부터 가보

면 좋을까요?”

“502호 어때요?”

박해수가 뱉은 뜻밖의 말에 A의 눈이 극적으로 커졌다. 그런 A를 보며 박해수는 말을 이었다.

“502호가 빌라 대표잖아요. 어쩌면 도형 씨도 몰랐던 정보를 알고 있었을지도 몰라요. 그게 아니고라도 좀 찜찜한 구석이 있어서 확인하고 싶어요. 문은 이미 부서졌으니까 들어가는 건 쉬울 거예요.”

“찜찜한 구석이라는 게 뭡니까?”

A는 다시 물었다.

“가족이요. 이웃이야 그렇다 해도 이런 사건이 발생했는데 왜 가족은 코빼기도 안 보이는 걸까요? 아까 문 열렸을 때 전 슬쩍 봤거든요. 거실 벽에 가족사진이 걸려 있었어요. 그런데 다 어디로 간 건지….”

“출근했거나 학교에 간 건 아닐까요?”

“현관 못 봤어요? 사이즈가 다른 신발이 여러 켤레였어요. 거기다가 우산도 몇 개나 그냥 꽂혀 있었고.”

“음… 그건 확실히 이상하네요.”

“그러니까 살펴보자고요. 어때요?”

잠시 고민하던 A가 고개를 끄덕이며 대답했다.

“좋습니다.”

“그러면 이렇게 해요. 전 계단으로 올라가면서 층마다 이상한 건 없는지 찾아볼게요. 다리는 안 아프니까 괜한 걱정은 안 하셔도 돼요.”

“그러면 전 엘리베이터를 살펴보겠습니다.”

박해수와 A의 의견이 일치했다. 사실 계단을 조사하는 것 역시 A의 계획에 들어 있었다. 다만 타이밍이 문제였는데 박해수가 나서줘서 오히려 다행이다 싶었다.

“5층에서 봐요.”

박해수가 계단을 올라가기 시작했다. A도 얼른 엘리베이터 쪽으로 다가갔다. 엘리베이터는 마침 2층에 서 있었다. 열림 버튼을 누르자 양쪽으로 문이 갈라졌다. 그 안으로 들어서는 순간 문득 아이가 했던 말이 떠올랐다. *뭘 하고 놀았느냐고요? 거울 놀이요!*

A 뒤쪽으로 엘리베이터 문이 스르르 닫혔다.

엘리베이터 내부는 조도가 낮았다. 조명에서 뿜어
져 나오는 빛이 보이지 않는 체에 걸러지고 나서야
비로소 좁은 공간을 비추는 느낌이었다. A는 안을 두
리번거리다가 5층을 눌렀다. 웅, 소리와 함께 엘리베
이터가 올라가기 시작했다.

“거울 놀이라….”

A는 그렇게 중얼거리며 오른쪽으로 고개를 돌렸
다. 가로로 길쭉한 직사각형 거울이 달려 있었다. 반
대쪽도 마찬가지였다. 서로를 비추는 두 개의 거울
속에는 무수히 많은 A가 피곤한 표정으로 서 있었다.
뭘 하고 놀았느냐고요? 거울 놀이요! 그 말이 자꾸 머
릿속에 맴돌았다. 아이는 그 순간 유독 속삭이듯 말
했다. 마치 큰 비밀을 털어놓는 것처럼. A는 다시 거
울을 들여다봤다. 이번에는 왼쪽 거울이었다. 조명이
어두웠기에 거울 속 세계는 더욱 이질적으로 보였다.
그래서 그런지 거울에 비친 자기 모습도 유독 어색하
게 느껴졌다. A가 거울을 향해 손을 뻗었다. 거울 속
A도 이쪽으로 손을 뻗어왔다. 시선이 날아든 건 바로

그때였다. 두 A의 손이 차가운 거울 표면에서 만난 그 찰나.

재빨리 뒤를 돌아봤다.

아무도 없었다.

당연한 일이었다.

거울 속 A가 거울 밖의 A를 의아한 표정으로 바라봤다. 조금은 겁에 질린 것처럼도 보였다.

엘리베이터는 너무나 느리게 올라갔다. 아직도 패널 속 숫자는 '2'였다.

고장이라도 난 건가?

그렇게 생각하며 A가 열림 버튼을 누르려는 순간, 이번에도 날카로운 시선이 느껴졌다. 오른쪽과 왼쪽에서 동시에. 휙 오른쪽을 봤다. 자기 눈과 마주쳤다. 이번에는 더 빠르게 왼쪽으로 고개를 돌렸다. 그때 알아챘다. 왼쪽 거울 속 자기가 반 박자쯤 느리게 돌아봤다는 걸. 있을 수 없는 일이란 걸 알면서도 심장이 미친 듯이 뛰었다. 안 그래도 어둡던 조명이 이제는 숫제 깜박이기 시작했다. 고오오오, 하는 침묵을

꾹꾹 눌러 담은 듯한 소리가 들렸다. 엘리베이터는 제대로 작동 중인가? 너무 궁금했지만 패널 쪽을 볼 수 없었다. 잠시라도 한눈을 팔았다가는 거울 속 자신이 튀어나올 것만 같다는 턱없는 생각에 사로잡혀서였다. 거울 밖의 A와 거울 속의 A는 눈싸움을 계속했다. A는 눈을 한 번 감았다가 떴다. 거울 속 A는 그러지 않았다. 대신에 찢어질 듯 입꼬리를 말아 올리며 미소 지었다.

"아!"

놀란 A가 그런 소리를 낸 순간 뒤에서 누군가가 어깨에 손을 올렸다. 너무나 차가운 동시에 끈적끈적한 손이었다. 뼛속까지 시릴 정도였다. A는 돌아보지 않고도 알았다. 그 손의 주인이 누구인지. 그건 바로… 거울 속에서 튀어나온 자신이었다. 깜박이던 조명은 이제 빠르게 그 빛을 잃어갔다. 어둠이 지배하는 엘리베이터에 갇히게 된다! 그 생각만으로도 A는 미칠 것 같았다.

그때였다.

땅!

어울리지 않는 경쾌한 소리가 들리고 엘리베이터 문이 활짝 열렸다. 동시에 온몸이 얼어붙는 게 아닌가 할 정도의 차디찬 기운이 안으로 휘몰아쳤다. A는 빠져나가려고 몸을 틀었다. 그러자 또 다른 소리가 울려 퍼졌다.

삐! 삐! 삐!

정원 초과 경고음이었다. A는 복도를 향해 필사적으로 몸을 날렸다. 거의 넘어지면서 엘리베이터를 벗어난 A가 뒤를 돌아봤다. 아무 일 없었다는 듯 엘리베이터 문이 닫혔다. A는 그제야 알았다. 자기가 4층에 내렸다는 걸.

"괜찮아요?"

등 뒤에서 들린 목소리에 A는 퍼뜩 정신을 차렸다. 박해수가 서 있었다. 그가 다시 물었다.

"정말 괜찮아요?"

"아니요."

A는 솔직하게 대답했다.

[통화 녹음] 천궁선녀.mp3

도형: 선녀님. 안녕하세요? 이렇게 불쑥 전화해서 죄송합니다.

선녀: 이게 누구신가? 김 작가네! 그때 다큐인가 뭔가로 만났던 게 벌써 1년 전이지?

도형: 네. 그렇게 됐네요. 그동안 연락도 한 번 못 드리고…. 도움을 많이 받았는데.

선녀: 인생사가 다 그런 거지 뭐. 그런데 이 밤에 어쩐 일로… 잠깐!

도형: 네?

선녀: 어허! 김 작가 요즘 무슨 일 있구나?

도형: 그게 사실은….

선녀: 누린내가 진동해! 여기까지 풍긴다고! 뭔 일을 하고 다니기에 이런 누린내를 풍길까? 혹시 가면 안

되는 곳에 갔나?

도형: 아무래도 제가 사는 빌라가 이상한 것 같습니다. 자꾸 안 좋은 일이 벌어지는데 이게 심령현상이 아니고서는 도저히 설명이 안 됩니다. 그래서 조언이라도 구하려고….

선녀: 쯧쯧. 진즉에 연락했어야지! 누린내는 물론이고 사특한 기운까지 전화기를 타고 넘어온다. 이 일을 어쩌면 좋으냐!

도형: 저도 정확한 이유를 모르겠습니다. 이 빌라 터에서 예전에 무슨 일이 있었던 건지 조사 중이긴 한데… 아무래도 저주를 받은 것 같기도 하고요.

선녀: 그럴 수 있지. 한 가지 명심해야 할 게 있어.

도형: 그, 그게 뭔가요?

선녀: 저주는 방사형으로 퍼져 나간다는 거야! 보통은 이리 생각하지. 원귀는 자기를 괴롭힌 인간만 저주하는 거라고. 아니야. 원한을 품고 죽은 영가는 살아 있는 모든 걸 저주해. 생명 있는 모든 걸 자기처럼 죽은 존재로 만들고 싶어 한다고! 그러니

아무 연관 없는 사람도 귀신의 저주에 당하는 거
야. 방사형으로 퍼져 나가는 그 원 안에 있는 모두
가! 무슨 말인지 알겠나?

도형: 네, 알겠습니다. 말씀 들으니 어떤 상황인지 어렴
풋이 이해하겠네요. 제발 부탁드립니다. 가능하
다면 여기로 와주실 수 있을까요?

선녀: 흠…. 나도 지금 힘으론 안 돼. 신령님께 기도 올
리고, 사흘 후에 찾아가지. 문자로 주소 남겨.

도형: 네! 저, 정말 감사합니다. 주소는 바로 보내겠습
니다.

선녀: 내가 도착하기 전까지 집에서 한 걸음도 나가지
마! 알았지? 현관문 앞에 소금 뿌려두는 거 잊지
말고.

도형: 네네. 그렇게 하겠습니다.

선녀: 그러면 난 준비하겠네.

두 사람의 통화는 거기서 끝났다. 자칭 전우치라는
이와 주고받은 이메일과 천궁선녀와의 통화 녹음 파

일까지 확인한 B와 C는 섣불리 말을 꺼내지 못했다. 에어컨을 전혀 틀지 않았는데도 방 안의 서늘한 공기는 그대로였다. 아니, 오히려 냉기는 더 짙어진 것 같았다. 적어도 B는 그렇게 느꼈다.

"천궁선녀인지 하는 무당과 통화한 게 언제였지?"

오랜 침묵을 깨고 C가 물었다. B는 파일 생성일을 확인한 뒤 대답했다.

"7월 21일이요. 월요일이네요. 전우치한테 그 이상한 메일 받고 다음 날 바로 연락했나 봐요."

"그러면 정말로 사흘 후에 그 무당이 온 걸까? 뭐, 기록이 남아 있나?"

"잠깐만요. 볼게요."

B는 그렇게 말한 뒤 컴퓨터 모니터를 살폈다. 미로처럼 얽힌 파일 사이를 몇 번이나 훑었지만 무당 관련 영상 파일은 보이지 않았다. 통화 녹음도 한 번이 다였다. 어쩌면 김도형 씨의 휴대폰에 더 남아 있을지 모르지만 지문이 아니면 잠금을 해제할 수 없어서 무용지물이었다. 태블릿도 마찬가지였다. B는 C를

향해 고개를 돌리며 말했다.

“없어요. 못 찾겠어요.”

“왔는데 남아 있지 않은 걸까, 아니면 아예 안 온 걸까?”

C는 모니터를 뚫어지게 보며 중얼거렸다.

“제가 전화 한번 해볼까요? 천궁선녀한테요. 번호는 여기 있으니까.”

B는 또 다른 포스트잇 한 장을 들어 보이며 말했다. 거기에는 마치 예상이라도 했다는 듯 천궁신녀의 번호가 적혀 있었다. 물론 그걸 적은 건 김도형 씨였다. C는 바로 찬성했다.

“좋아! 빨리 걸어봐.”

“네.”

휴대폰에 천궁선녀의 번호를 입력한 뒤 ‘통화’를 누르고 스피커 모드로 바꾸었다. 통화 연결음은 길게 이어졌다. B가 포기하고 끊으려는 그때 거친 남자 목소리가 들려왔다.

“누구세요?”

B는 당황한 기색을 애써 감추며 물었다.

"안녕하세요? 천궁선녀 님과 통화하고 싶은데요, 가능할까요?"

"안 돼. 못 해."

남자는 단호하게 말했다.

"네? 혹시 이유를 여쭤봐도….."

"죽었어! 산에서 기도하고 내려오다가 구르는 바람에 목이 부러졌어."

B는 이번에야말로 할 말을 잊었다. 계속 침묵이 이어지자 남자가 먼저 말했다.

"끊어! 이 번호 없애든지 해야지. 재수 없게….."

쯧. 혀 차는 소리를 마지막으로 통화는 끝났다. B는 말없이 C를 향해 시선을 던졌다. C의 얼굴에 처음으로 곤혹스러워하는 표정이 떠올랐다. 그는 금방이라도 꺼질 듯한 목소리로 말했다.

"뭐가 뭔지 잘 모르겠어. 이런 적은 정말 처음이야. 지금껏 난 여러 현장을 누볐어. 주로 다큐 촬영이었고, 국내의 유명하다는 심령 스폿은 거의 다 가봤다고 해도 틀린 말은 아닐 거야. 무당이 작두에서 펄쩍 펄쩍 뛰거나, 굿을 하다가 영가에 쒼 바람에 이상한 소리 하는 것도 들었어. 과학으로는 도저히 설명할 수 없는 현상이 벌어지는 곳에서도 난 물러서지 않았다, 이 말이야. 견딜 만했거든. 심장이 뛰긴 했지만 무섭지 않았다는 거야. 그런데… 지금은… 몰라, 이젠 모르겠다.”

“이대로 철수하는 게 좋을까요?”

C의 긴 설명이 끝난 뒤 B가 슬쩍 눈치를 보며 물었다. C는 망설이지 않고 대답했다.

“어쩌면 그게 나을지도 모르지. 아무래도 여긴 진짜 같으니까. 나머지 둘하고도 상의해서….”

초인종이 울린 건 바로 그때였다. 새 지저귀는 소리가 유독 날카롭게 울려 퍼졌다. 느닷없이 날아든 소리에 B는 움찔하며 현관 쪽으로 고개를 돌렸다. 그러고는 말했다.

“피디님일까요? 나가볼게요.”

B는 안방에서 나가 거실을 가로질러 인터폰까지

단숨에 다가갔다. 인터폰 화면에 미소 짓고 있는 A가 보였다.

"벌써 다 살펴보셨어요? 더우시죠? 빨리 열어드릴게요."

반가운 마음에 B는 인터폰에 대고 말한 뒤 현관문 쪽으로 향했다. 그때였다.

"잠깐!"

성큼성큼 다가온 C가 무서운 표정을 지으며 B를 말렸다. 그는 눈을 가늘게 뜬 채 인터폰을 노려봤다.

"왜, 왜요?"

B가 멍한 표정으로 되물었다.

"이상하잖아! 왜 초인종을 누르는 거지? 비번 알고 있잖아. 0911. 나도 기억하는데."

"아⋯."

C의 말을 들은 B는 새삼 인터폰을 바라봤다. 거기에 비친 얼굴은⋯ 분명히 A였다. 하지만 걸리는 구석이 없는 건 아니었다.

왜 저렇게 웃고 있을까?

B는 그게 궁금했다. 게다가 박해수도 보이지 않았다. B가 다시 마이크 버튼을 누르고 A에게 말을 걸었다.

"피디님. 그냥 들어오시면 돼요. 혹시 비번을 잊은 거라면 0911⋯."

"열어줘!"

A는 여전히 웃는 얼굴이었지만 목소리가 변했다. 높고 날카로운 음성이었다. 인터폰을 타고 들리는 게 아니라 바로 옆에서 외치는 듯했다. 그랬기에 B는 더 움찔했다.

"자, 잠깐만요."

"열어줘! 여긴 너무 뜨거워! 그러니 빨리 열어!"

순간 인터폰 화면이 꺼졌다. 그런데도 A의 목소리는 계속 들렸다. 그는 거의 속삭이듯 혼잣말을 중얼거렸다.

"죽인다⋯ 죽인다⋯ 죽인다⋯ 죽인다⋯ 죽인다⋯ 죽인다⋯ 죽인다⋯."

"빨리 마이크 꺼."

C의 말에 B는 얼른 마이크 버튼을 눌렀다. 그제야 아무런 소리도 들리지 않았다. 세차게 내리는 비가 창문을 때려대는 소리만 가득했다.

"피디님이 아니면 저건 누굴까요? 아니, 뭘까요?"

B는 불안한 눈빛으로 인터폰과 C를 번갈아 봤다. C가 말했다.

"나도 들은 말이 있어. 귀신은 초대받지 않으면 절대 못 들어온대. 그래서 문을 열게 하려고 갖은 수를 쓴다는 거야. 그런 거라면 밖의 저건…."

"귀, 귀신이겠네요?"

"그렇다고 봐야지."

"차라리 경찰에 신고하는 편이 낫지 않을까요? 이젠 우리 손을 떠난 것 같아요. 우리끼리 어떻게 해볼 수 있는 문제가 아니라는 생각이 자꾸 들어요."

B의 말을 듣고서 C도 골똘히 생각에 잠긴 표정을 지었다.

"그래. 어쩌면 그게 제일 안전할 거야. 우린 이쯤에서 빠지는 거지. 경찰엔 내가 전화할 테니 자넨 A와 연락을 시도해 봐.”

C의 말에 B는 고개를 끄덕했다. 그러고는 휴대폰을 들었다. 그때 진동음이 울렸다. B가 자기 휴대폰을 봤다가 C를 향해 시선을 돌렸다. C 역시 어리둥절한 표정만 지을 뿐이었다. 그의 휴대폰도 잠잠했다. 순간 B가 책상을 쳐다봤다.

“저, 저거예요! 김 작가님 휴대폰!”

김도형 씨 휴대폰이 맹렬히 진동하고 있었다.

[탐문]　　　502호

　A는 박해수와 함께 502호로 들어갔다. 도어록이 떨어져 나간 문 앞에는 노란색 폴리스 라인이 가로질러 있었지만 그걸 떼어 내는 건 일도 아니었다.

　502호 내부 구조는 김도형 씨 집과 다를 게 없었다. 텅 빈 황량한 집에 서늘한 기운이 맴도는 것 또한 402호와 같았다. 다만 502호에는 코를 자극하는 누린내가 풍기고 있었다. 고기가 썩어가면서 나는 악취가 집 안 구석구석 배어 있는 것 같았다. 냉장고가 작동을 멈췄나? 그런 의문이 들었지만 확인하고 싶은 마음은 없었다.

　"제가 본 게 이 사진이에요."

　박해수가 가리킨 액자 속에는 가족으로 보이는 네 명이 찍혀 있었다. 자살한 대표 옆에는 남편이, 그리고 그 두 사람 앞에는 각각 고등학교와 중학교 교복을 입은 소녀 둘이 서 있었다. 보통의 가족사진이 그렇듯 모두 환하게 웃는 모습이었다. 언제 찍었는지는 모르지만 적어도 이 집에는 네 가족이 살고 있었다. 엄마인 대표는 목을 맨 채 베란다에서 뛰어내렸다. 그러면 남은 셋은 어디로 간 걸까? 박해수 말대로 현관에는 신발과 우산이 그대로 있었다.

"우선은 좀 둘러볼까요?"

"그래요."

A의 말에 박해수는 바로 찬성했다. 두 사람은 먼저 안방으로 향했다. 킹사이즈 침대가 놓인 안방은 김도형 씨 집보다 상대적으로 좁아 보였다. 반대로 훨씬 안락한 느낌이 들기도 했지만, 뇌까지 얼얼하게 만드는 누린내가 모든 걸 망쳐놓고 있었다. A는 자기도 모르게 얼굴을 찡그리며 말했다.

"이 악취는 어디서 나는 걸까요?"

그 질문에 대한 답은 금세 얻을 수 있었다. 박해수가 두 칸짜리 옷장을 열자 그 안에서 썩어가던 고깃덩어리가 모습을 드러냈다. 옷장을 가로지른 봉에 매달린 고기에는 파리가 잔뜩 붙어 있었고, 그 탓에 처음에는 그게 무엇인지 단번에 알아채지 못했다. 갑자기 열린 문에 놀란 파리 떼가 대부분 날아가고 나서야 흰색 천에 싼 고깃덩어리가 매달려 있다는 걸 확실히 알 수 있었다.

"읍!"

A는 반사적으로 코를 막았다. 그래도 악취는 사라지지 않았다. 지독한 누린내가 콧속을 파고들어 뇌까지 점령한 것만 같았다.

"문은 닫을게요."

박해수가 옷장 문을 닫았지만 A는 입을 막고 결국 안방 화장실로 달려갔다. 밀고 올라오는 구역감을 도저히 참을 수 없었다.

화장실 불을 켤 생각도 못 하고 A는 변기 앞에 무릎을 꿇고 앉았다. 그러고는 급하게 변기 뚜껑을 열고 토하기 시작했다. 눈물이 찔끔 흐르고 신물이 올라올 정도로 토하고 나서야 A는 겨우 정신을 차렸다.

등은 땀으로 축축하게 젖었고 식도는 타들어가는 듯
했다. 손가락 하나 까딱할 힘이 없었지만 그래도 간
신히 일어났다. 무릎이 후들후들 떨렸다.

"죄송해요."

A가 입을 훔치며 안방으로 들어서자 박해수는 걱
정 어린 표정으로 쳐다봤다.

"괜찮아요?"

"네. 제가 보기보다 비위가 약해서…. 그나저나 출
동한 경찰은 저걸 못 본 걸까요? 이렇게나 냄새가 지
독한데."

토하면서도 그런 의문이 들었다. 아무리 자살이 명
백하다 해도 집 안 수색은 해야 하는 거 아닌가? 아
니, 그것보다 더 큰 의문은 저런 고깃덩어리가 왜 옷
장에 매달려 있는가 하는 거였다.

"화장실에 가신 동안 제가 이걸 찾았어요."

박해수는 그 말과 함께 종이 한 장을 내밀었다.

"이게 뭡니까?"

A가 종이를 받아 들며 물었다.

"여기 입주민의 현재 상황을 적어놓은 것 같아요. 꽤 충격적이에요."

종이에는 손으로 쓴 글씨로 빈집인 602호를 제외한 201호부터 603호까지 열네 세대 모두의 가족 구성원이 정리돼 있었다. 예를 들어 202호 밑에는 엄마, 아빠, 유치원생 아들, 갓난아기라고 적혀 있었다. 그런데… '갓난아기'라는 단어에 줄이 그어져 있었다.

갓난아기

202호만이 아니었다. 601호 할아버지에게도, 401호 엄마에게도, 203호 딸에게도 어김없이 줄을 그어놓았다. A는 그 줄의 의미를 추측할 수 있었다.

"설마… 다들 죽은 걸까요?"

"아무래도 그런 것 같아요."

A의 말에 박해수가 대답했다.

그런 거라면….

A의 시선은 502호에서 오래 머물렀다. 거기에는 이렇게 적혀 있었다. 믿을 수가 없어 몇 번이나 눈을

감았다 뜨며 다시 봤지만 글씨는 사라지지 않았다.

나, ~~남편, 딸1, 딸2~~

"이, 이게… 그러니까 이 집 남편과 딸 둘 전부 죽었다는…."

"그렇죠."

더듬거리며 말하는 A에 비해 박해수는 비교적 차분한 표정으로 고개를 끄덕했다. A는 종이를 꽉 움켜쥐었다. 구겨졌지만 상관하지 않았다. 그럴 정신도 없었다. 이 기록이 정확하다면, 거의 모든 세대가 가족 구성원 중 누군가를 잃었다. 그것도 단 몇 달 사이에. 이건 말이 안 된다고, A는 생각했다. 이 빌라가 아무리 흉가고 심령 스폿이라 해도 영적 존재가 이 정도로 존재감을 드러낸다는 건 들어본 적도 없는 일이었다. A는 일전에 한 무당에게서 들었던 이야기를 떠올렸다.

"영가가 동전 하나를 움직이려면 억겁의 한이 쌓여야 해. 대부분 귀신이 그냥 멀뚱히 서 있거나 액자를 건드리는 정도로 자기 존재를 드러내 보이는 건 바로 그 이유 때문이야.”

그런데 이 빌라의 귀신은 사람을 죽음으로까지 몰아넣는다. 도대체 어느 정도의 한이 쌓였기에 이런 일이 가능한 걸까? 물론 모든 게 다 우연이고 불행한 죽음이었을 뿐이라고 말할 수도 있다. 심령현상 자체를 믿지 않는 사람은 더욱 그러리라. 하지만 이곳에는 분명히 사악한 무언가가 존재하고, 그것이 모든 사건의 원흉이라는 데 A는 전 재산을 걸 수도 있었다. 게다가⋯ 그 사악한 원념은 대상을 가리지 않고 무자비하게 공격한다. 개미지옥. 반상회 영상에서 누군가가 말했던 그 단어가 문득 떠올랐다. 이 빌라 자체가 거대한 개미지옥이었다. 이곳에 발을 들인 이들은 서서히 지옥으로 빠져들어 감히 도망칠 생각조차 못하고 결국 먹잇감이 된다. 달아날 의지마저 꺾어놓는다는 것, 그것이야말로 개미지옥의 가장 무서운 점이었다.

“이제 확실히 말씀드릴 수 있겠네요. 이건 저희 손을 떠났어요. 아니, 감히 저희가 어쩔 수 없는 일이에요. 그러니 경찰에 신고하는 게 제일 좋은 방법 같습니다."

A가 말했다.

"하지만 경찰 역시 아무것도 해결 못 할 거예요."

박해수는 씁쓸한 표정이었다.

"김도형 씨라도 무사히 찾는다면… 그것만으로도 절반은 성공한 거죠."

그 말과 함께 A가 돌아섰을 때 주머니에 넣어둔 휴대폰이 한 번 진동했다. A는 휴대폰을 꺼내 들었다. B가 보낸 메시지가 와 있었다. 단 한 줄이었다.

빨리 와주세요!

B:　여보세요? 김도형 씨 휴대폰입니다.

익명:　뭐? 당신은 누구야?

B:　아… 저는 사정이 있어 김도형 씨 집에 왔고, 그분이 부재중이라 대신 받았어요.

익명:　설마, 결국 당한 건가?

B:　네? 당했다는 게 무슨 뜻이죠? 그보다 그쪽은 누구신지….

익명:　그건 알 것 없어. 난 그냥 이것저것 조사하고 돈 버는 사람이야.

B:　김도형 씨가 조사를 부탁했군요. 맞죠?

익명:　지금 그 빌어먹을 빌라에 있는 거지?

B:　네. 맞아요. 로즈 힐 빌라 402호. 김도형 씨 집이에요.

익명: 생판 모르는 사이지만, 그래도 충고 하나 할 테니
잘 들어. 당장 거기서 나와!

B: 혹시 그렇게 말씀하시는 이유를 알 수 있을까요?

익명: 이유? 아직 아무 일도 없었나?

B: 아, 아뇨. 그건 아니고… 이상한 일이 계속 생기긴
했어요.

익명: 하아. 멍청한 거야, 아니면 무모한 거야? 그 빌라
는 공기부터가 다르잖아! 거기서 오래 머무르면
그쪽도 화를 입게 돼! 무슨 말인지 알아?

B: 그럼, 김도형 씨도 화를 입었다는 건가요?

익명: 사라졌지?

B: 네?

익명: 김도형 그 양반, 감쪽같이 사라졌지?

B: 네. 그렇긴 한데… 혹시 알고 계신 걸 말씀해 주실
수 있을까요?

익명: 뭐가 알고 싶지?

B: 뭐든 좋아요. 조사한 게 있으실 것 같아서.

익명: 난 김도형에게 의뢰받았고, 보고할 의무도 그쪽에

있어. 근데 사라졌으니 내 의무도 없어진 거지. 젠
장. 잔금도 못 받았는데.

B: 저희는 지금 김도형 씨가 남긴 여러 자료를 보고
있어요.

익명: 저희? 당신 한 명이 아니야?

B: 네. 넷이 같이….

익명: 다시 한번 말해줄 테니 잘 들어. 당장 거기서 나
와. 넷이 사이좋게 손잡고 죽기 싫다면.

B: 이 빌라에 대해 뭘 알고 계세요?

익명: 나도 다는 몰라. 근데 이제 손을 떼야겠어. 의뢰인
도 없으니까.

B: 저희는 김도형 씨를 찾으려고 왔어요. 혹시 짐작
가는 게 있으세요?

익명: 몰라. 하지만 이거 하나는 장담하지. 김도형 그 양
반, 분명히 빌라 안에 있을 거야.

B: 그렇게 확신하시는 이유가….

익명: 그 누구도 거기서 벗어날 수가 없거든. 거기에 입
주한 사람들, 지금껏 이상한 일을 잔뜩 겪었을 거

야. 그런데도 그 빌어먹을 집에서 벗어나지 않았
어. 아니, 못 한 거지. 이사가 한 건도 없었다는 말
이야. 그 이유가 뭔지 알아? 빌라가… 놓아주지
않기 때문이야! 그러니 당신들도 빨리 나와야 해!
그것들이 옭아매기 전에.

B: 그것들이 누구….

익명: 어쩌면 나도 너무 깊이 발을 들여놓은 걸지도 모
르겠어. 거기서 뻗어 나온 저주든 뭐든 아무튼 그
사악한 건 빌라에 관심을 두는 모든 걸 희생양으
로 삼으려 하거든. 그래서 그런지 자꾸 그 냄새가
나. 크크.

B: 어떤 냄새요?

익명: 누린내! 고기 썩은 내가 코를 찌른다고!

B: 조금만, 조금만 더 설명해 주세요.

익명: 좋아. 내가 사람 여럿 살린다는 생각으로 말해주
지. 빌라가 지어지기 전에 그 땅에 뭐가 있었는지
알아?

B: 뭐, 뭐가 있었는데요?

익명:	자, 잠깐만.

B:	왜 그러세요?

익명:	누가 있어! 누가 있다고!

B:	네?

익명:	그것들이 나한테도 왔어!

B:	그것들이 뭔지, 설명 좀 해주세요!

익명:	설명할 시간 없어. 서훈 유통으로 알아봐! 서훈 유
	통이라고….

B:	서, 서훈 유통이요? 알았어요!

익명:	으악!

B:	여보세요? 여보세요?

익명:	키이이이.

B:	네?

익명:	키키키키키키키키키키키키!

그럼요, 뭐든 물어보세요.

아! 저는 옥상에 올라가던 참이었어요. 우리 메리 바람이라도 좀 쐬게 하려고요. 요즘 늘 집 안에만 있었거든요. 원래 얌전한 녀석인데 스트레스를 받아서 그런지 자꾸 짖는 거 있죠?

응? 메리야 뭐라고? 빨리 밖에 나가고 싶다고? 알았어.

참, 어디까지 이야기했죠? 맞다! 전 메리랑 옥상에 가는 길이에요. 엘리베이터를 타도 되긴 하는데… 아시죠? 이 엘리베이터가 고장이 잦다는 거. 그래서 운동도 할 겸 계단을 이용해요.

이상한 일이요?

글쎄요. 전 딱히 못 느꼈거든요. 누군 뭐 귀신이 나

온다, 무섭다 이러는데, 저는 아무 불만 없어요. 서울에서 이 가격에 어떻게 집을 사요! 안 그래요? 집도 신축이고 얼마나 좋아. 자꾸 이상한 소리 하는 사람들, 그거 다 정신이 나약해서 그런 거예요. 저는 넓은 집에 혼자 살아도 무서웠던 적 한 번도 없거든요. 물론 우리 메리가 절 지켜주기도 하지만.

그래! 아이고, 우리 메리. 엄마 사랑한다고? 엄마도 그래. 흐흐.

메리가 허공을 보고 짖진 않았느냐고요?

가끔 그러기도 하죠. 근데 봐요, 요 작은 애가 짖는다고 얼마나 시끄럽겠어요? 거의 들리지도 않지. 이 집이 신축이라 방음도 잘되거든요. 그러니까 메리 소리 시끄럽다고 뭐라 하는 인간들 모두 너무 예민한 거야!

아까도 말했지만, 전 아무것도 못 봤어요.

누군 뭐 칫솔을 봤다나….

웃기지 않아요?

나 참, 칫솔이 웬 말이야, 정말.

그러면 전 이만 올라가 볼게요. 보셔서 아시겠지만 메리가 자꾸만 보채네요. 얘는 이렇게 안아줘도 계속 보챈다니까요! 근데 그게 또 귀여운 걸 어떡해요. 호호.

메리야, 어서 가자.

아이고, 그만 짖어. 알았지?

A와 박해수는 301호 여자가 계단을 올라가 사라질 때까지 꼼짝도 하지 못했다. 위쪽 어딘가에서 다시 컹컹, 하는 소리가 났다. A는 자기도 모르게 부르르 몸을 떨었다.

"봤죠? 여자가 안고 있던 개, 죽은 지 거의 일주일은 된 것 같던데…."

두 사람이 502호에서 막 나오던 순간, 죽은 개를 안은 여자와 마주쳤다. 여자는 자기가 301호에 산다며 살갑게 인사를 건넸다. 그러고는….

"자기 입으로 개 짖는 소리를 냈어요."

박해수는 생각만 해도 끔찍하다는 듯 얼굴을 찡그

렸다. 그랬다. 301호 여자는 메리가 짖는 소리라며 자기 입으로 컹컹 짖어댔다. 얼굴색 하나 변하지 않고.

"제정신이 아닌 사람이에요. 아니, 여기 있는 모두가 그런 것 같아요!"

A가 말하자 박해수도 동의했다.

"여기가, 이 빌라가 사람을 이상하게 만들어요."

"어서 내려가죠. 우리 일행과 합류해서 어떻게 할 건지 의논합시다."

A가 그렇게 말하며 계단으로 다가갔을 때였다. 갑자기 복도 전체가 어두워졌다. 센서 등이 꺼진 것도 한몫했지만 복도에 난 유리창으로 미약하게나마 들어오던 햇빛이 완전히 자취를 감췄다. 구름이 드리운 탓이었다. 단순히 비구름이라고 치부하기에는 너무나 검고 두터웠다. 마치 시간을 훌쩍 뛰어넘어 밤이 된 것만 같았다. 당황한 A는 휴대폰 플래시를 켰다. 그 빛마저도 층층이 쌓인 어둠에 잡아먹혔다. 한기가 옷 속으로 파고들었다. 지금껏 느껴보지 못한 긴장감이 등허리를 타고 온몸으로 퍼져 나갔다.

“조심해요.”

박해수가 뒤에서 속삭였다.

“네.”

대답과 함께 A는 계단을 밟고 내려가기 시작했다. 휴대폰 플래시를 이리저리 비추면서.

그때였다.

5층과 4층 사이 층계참에 무언가, 아니 누군가가 있었다. 여자였다. 산발한 여자가 벽을 박박 긁고 있었다. 미친 듯이 빠르게. 그때마다 거슬리는 소리가 울려 퍼졌다.

끽!

끽!

끽!

끽!

끽!

끽!

손톱은 거의 다 빠져 덜렁거리고 벽에는 핏자국이 그대로 맺혔지만 여자는 멈추지 않았다. 오히려 더 빠르고 격렬하게 벽을 그어 내렸다.

위험하다!

그렇게 생각한 것과 동시에 A는 발을 살짝 옮겨 계단 위로 한걸음 올라갔다. 그 순간 여자가 움직임을 멈췄다. 그러고는 천천히 고개를 돌렸다. 여자의 얼굴을 사납게 뒤덮은 머리카락 사이로 눈이 보였다. 핏발 선 눈동자가 누군가를 찾기라도 하는 듯 뒤룩뒤룩 움직였다. 마치 먹잇감을 노리는 파충류의 눈 같았다. A는 여자의 목에 걸려서 덜렁거리는 사원증을 발견했다. 쉴 새 없이 움직이던 여자의 눈동자가 한 곳에 머물렀다. 여자는, A를 지그시 노려봤다.

"빠, 빨리 위로!"

이번에는 A가 속삭였고, 둘은 여자에게서 시선을 떼지 않은 채 다시 5층으로 올라갔다.

"어떻게 하죠?"

박해수가 물었다. 여자는 시야에서 사라졌다. 다행히 따라오지는 않았다.

"어쨌든 내려가야 하니까 엘리베이터를 이용합시

다. 패널에 불이 들어온 거로 봐서 정전은 아니네요.”

엘리베이터에서 끔찍한 경험을 한 A로서는 꺼림칙하기 짝이 없는 결정이었지만 어쩔 수 없었다. 박해수와 함께 움직이고, 단 한 층만 내려가면 되니까 그 사이에 별일이 생기지는 않으리라는 나름의 계산도 있었다.

“알겠어요.”

박해수의 말을 듣고 A는 얼른 엘리베이터 버튼을 눌렀다. 웅, 하는 소리가 다시 들리며 엘리베이터가 천천히 올라왔다. 4층에서.

익숙한 얼굴이 카메라 각도를 맞춘다. 김도형 씨다. 그는 책상 앞에 앉아 있다. 전에 본 적 없는 초췌한 얼굴이다. 수염이 덥수룩하게 자랐고, 볼은 푹 꺼졌다. 눈은 퀭하다. 여름인데도 긴팔 셔츠를 입고 단추를 다 잠그고 있다. 김도형 씨는 주위를 재빨리 둘러본 뒤 다시 카메라를 바라본다. 그러고는 입을 연다.

"지금부터 제가 하는 이야기는 모두 사실이고 진실입니다. 5월부터 7월까지, 이곳 로즈 힐 빌라에서 일어난 크고 작은 사건은 모두 조사하고 기록해 두었습니다. 그 모든 사건은 인간의 상식으로는 설명할 수 없는 그야말로 괴이였습니다. 다른 말로 하자면 심령현상이겠죠. 재미있는 건, 그런 기괴한 일이야말로 확실한 인과관계 속에서 벌어진다는 것입니다. 원인이 있기에 결과가 있죠. 다시 말하겠습니다. 원인이 있어야 결과가 생기는 겁니다.

즉, 이 빌라가 심령 스폿이 된 건 그만한 이유가 있기 때문이라는 거죠. 저는 여러 조사와 조언을 토대로 빌라가 들어서기 전에 이 부지에서 불미스러운 일이 있었던 게 아닌가 하고 짐작해 봤습니다. 그리고 그런 제 추리를 뒷받침해 줄 분을 내일 만납니다. 이 동네에서 가장 오래된 부동산인 서훈 부동산 사장님과 인터뷰하기로 한 것이죠.

어쩌면 내일 모든 진실이 밝혀질지도 모릅니다. 다만 제가 정말로 걱정하는 건 그 이후의 일입니다. 제령을 하건 위령을 하건 많은 돈이 들어가는 게 현실입니다. 저희 세대 모두가 십시일반으로 돈을 모은다 해도 쉽게 충당할 수 없을 겁니다. 그렇다고 해서 이사 갈 수 있느냐 하면 그것도 아닙니다. 예전의 저는 공포 영화를 보면서 그랬죠. 귀신 나오는 집 같으면 당장 이사 가거나 어딘가로 피하면 되지 않느냐고.

그런데 막상 제 일이 되고 보니 그렇게 쉽지가 않더군요.

영혼까지 끌어서 이 집을 샀는데 어떻게 다른 데 가겠습니까? 집이 팔려야 그 돈으로 다른 집을 구하는 거죠. 그렇다고 무작정 외박을 계속할 수도 없고요. 문제는 돈입니다, 돈. 귀신 나오는 집이라는 걸 뻔히 알면서도 이곳에서 벗어날 수 없다는 사실, 그게 바로 진정한 공포입니다.

간밤에는 씻으려고 화장실에 들어갔는데 낯선 칫솔 하나를 발견했습니다. 모가 많이 마모된 빨간색 칫솔이었습니다. 세면대에 버젓이 놓인 칫솔을 보자 '허!' 하는 소리가 먼저 나왔습니다. 다른 사람들이 엘리베이터에서 봤다던 그 칫솔이라는 걸 바로 눈치챘죠. 두려움보다도 올 게 왔구나, 하는 마음이 앞섰습니다. 저는 칫솔을 만져볼 생각도 못 하고 화장실에서 달려 나왔습니다. 그러고 아침이 되어 다시 갔을 때는 그게 없더군요.

참! 저는 민간 조사원에게도 이번 일을 의뢰했습

니다. 제가 부동산 사장님을 만나 인터뷰하는 것과는 별개로 이곳에서 일어난 강력 사건은 없는지 알아봐 달라고 했죠. 아마 며칠 내로 보고해 줄 겁니다. 그 정보까지 얻게 된다면 진실에 한 발짝 더 다가가겠죠.

당장 앞으로가 걱정이긴 하지만, 전 끝을 볼 때까지 전력을 다해 싸울 겁니다. 지고 싶지 않습니다. 또 모르죠. 진실을 밝힐 수만 있다면 이 악몽에서 벗어날 방법 역시 알게 될지도.

그럼, 오늘은….”

김도형 씨가 말을 멈춘다. 무슨 소리를 듣기라도 한 듯 가만히 귀를 기울이다가 이내 거실로 나간다.

잠시 후, “히익!” 하는 비명인지 신음인지 모를 소리가 울려 퍼진다. 그러고는 김도형 씨가 거의 구르듯 안방으로 달려 들어와 바로 문을 닫는다. 헉헉 숨을 몰아쉬던 김도형 씨가 카메라를 끄기 위해 손을 뻗는 모습에서 동영상은 끝난다.

“도대체 뭘 봤기에 이 정도로 놀란 걸까요?”

B는 나머지 셋을 향해 물었다. A와 박해수가 402호로 돌아온 지 30분 정도가 흘렀다. 그사이 각자 떨어져 있던 두 그룹은 지금까지 얻은 정보를 교환했다. 그러고 나서 함께 김도형이 찍은 7월 25일 영상을 봤다. B가 '정지'를 누르고 끄지 않았기에 동영상은 여전히 모니터에 떠 있었다. 카메라를 손으로 가리는 김도형 씨의 얼굴이 생생하게 보였다. 그의 얼굴을 지배하는 것은 분명 공포의 감정이다. 김도형 씨는 공포에 질려서 녹화를 중단했다.

"거실에는 아무것도 없는데."

A의 말에 B가 그럴싸하게 반박했다.

"저 때는 25일이고 오늘은 29일이잖아요."

"하긴, 언제 어디에서 뭐가 튀어나올지 모르는 곳이야, 여긴."

"더 무서운 이야길 해줄까?"

내내 가만히 있던 C가 끼어들었다. 모두 C를 바라봤다. 그는 어깨를 으쓱하며 말을 이었다.

"경찰이 올 수 없다는 거야. 그리고 우리도 여길 떠

날 수 없고."

"그게 무슨 말이에요?"

B가 놀란 표정으로 물었다.

"내가 신고했는데 빗물이 불어나서 이 구역으로 통하는 굴다리가 완전히 침수됐대. 물이 빠지기 전까지는 누가 들어오지도 못하고 나가지도 못하게 된 거야."

"잠깐! 그 중요한 이야기를 왜 지금 해?"

A는 발끈해서 물었다. 머릿속 한편으로는 운전하면서 지나왔던 좁고 어두운 굴다리를 떠올렸다.

"말할 타이밍을 놓쳤어. 서로 알아낸 걸 이야기하는 게 더 중요한 것 같아서."

특유의 무심한 표정을 지으며 C가 말했다.

"좋아. 어떤 상황인지는 이해했어. 외부의 도움을 받을 수 없다면 우리끼리 협력해야 해. 무슨 말인지 알지?"

A의 물음에 다들 고개를 끄덕였다. 지금까지의 정보만으로도 이 빌라가 흉가라는 사실에는 의문을 품

을 필요가 없었다. 가장 회의적인 C도 인정할 정도이니 그건 분명한 사실이었다. 무엇보다, 네 명 모두 괴이한 존재를 목격했다. 이걸 우연이나 착각이라고 치부한 채 넘어간다면 그건 죽기 위해 목을 빼고 기다리는 것과 다름없는 일이었다. 아마 다들 비슷하게 생각할 거라고 A는 짐작했다. 아니나 다를까, B가 원하던 말을 대신 해줬다.

"이제는 떨어지지 않고 모여 있는 게 좋겠어요. 김 작가님을 찾는 것도 다 같이 움직여요. 어디에 있는지 그건 모르겠지만."

"아직 우리가 안 가본 곳은 옥상뿐이야."

A가 말했다.

"김 작가가 나간 모습은 CCTV에 안 찍혔다며? 그러면 이 빌라 안 다른 집에 있을 가능성은 없을까?"

"그럴 수도 있지. 하지만 단서가 너무 부족해. 아무 집에나 들이닥칠 수도 없고, 아마 우릴 들여보내 주지도 않을 거야."

C와 A가 그런 대화를 나누는 사이 B는 이전 동영

상을 끄고 다음 걸 재생하기 위해 마우스 커서를 가져다 댔다.

"우선, 이걸 한번 봐요. 김 작가님이 말했던 그 부동산 사장님 인터뷰 영상인 것 같아요."

B의 말에 아무도 토를 달지 않았다. 지금은 딱히 할 일이 없었다. 아이러니하지만, 넷이 함께 모여 있는 402호가 상대적으로 가장 안전하게 느껴졌다.

B는 동영상을 재생했다.

낡아서 군데군데 갈라지기 시작한 가죽 소파에 머리가 벗어진 늙은 남자가 비스듬히 앉아 있다. 남자의 투실투실한 뺨에는 붉은 기가 돈다. 얼굴 여기저기에 검버섯이 피어 있다. 웃자란 짙은 눈썹이 남자를 고집스러워 보이게 만든다. 남자는 방금 밥을 먹고 온 듯 이쑤시개로 이 사이를 헤집고 있다. 남자가 힐끔 카메라 쪽을 본다.

"그러니까, 이걸 보고 말하면 된다는 거지?"

남자의 질문에 카메라 프레임 밖에서 대답이 들려온다. 김도형 씨다.

"네. 카메라 보셔도 되고, 절 보셔도 됩니다."

"아무튼… 이야기를 해볼까?"

남자는 그렇게 말하며 자세를 고쳐 앉는다. 소파가

끽끽 앓는 소리를 낸다. 남자가 이쑤시개를 질겅질겅 씹으며 이야기를 시작한다.

"에… 그게 말이야, 지금 빌라 터 있지? 그 땅이 꽤 오래 비어 있었거든. 아마 한 4년 정도 됐을 거야. 그 거 있잖아, 코로나! 그게 터지고 난 뒤니까 딱 그쯤이었을 거야. 이런 노른자위 땅이 4년이나 비어 있었으면 꽤 큰일인 거지! 문제는 왜 비어 있었느냐 이거지. 원래 그 땅에 아주 오래된 연립주택이 있었거든. 되게 낡았어! 말도 못 하게 낡은 집이었다니까. 나야 뭐, 이 동네에서 밥 벌어 먹고사니까 그 연립에 세도 많이 알선해 주고 그랬단 말이야. 그런데 어느 날 좀 이상한 일이 생겼어."

"이상한 일이요?"

김도형 씨가 묻는다.

"그 연립을 통째로 사겠다는 사람이 나타난 거야! 아무리 낡아도 여기가 위치가 좋잖아. 그래서 난 건물 싹 밀고 새로 근사하게 뭘 올릴 모양이다, 생각했는데 그게 아니더라고. 연립을 그대로 두고 거길 사택으로 사용하겠다더라고. 직원 숙소 말이야. 나는 뭐, 그런가 보다 했지. 아무튼 연립 거래할 때 중개 좀 하고 나도 꽤 짭짤하게 만졌으니까 불만은 없었거든. 근데 옥상까지 있는 2층짜리 낡은 연립을 수리나 보수공사 하나 안 하고 그대로 사용하더라고. 그게 좀 이상했지. 아니, 많이 이상했지. 저렇게 낡고 지저분한 곳에 직원들을 살게 한다고? 나만 그런 생각했던 게 아닐 거야! 오죽하면 외국인 노동자가 온다는 소문이 쫙 돌아서 동네에서 비상 대책 회의도 하고 그랬을까! 그런데 또 그게 아니었어. 멀끔하게 차려입은 젊은이들이 드나들더라고. 대기업에나 다닐 법한 차림새를 하고서 남자고 여자고 할 것 없이 그 연립으로 들어갔다가, 나왔다가 그랬지. 근데 말이야, 아무래도 찜찜한 게 있었다니까."

"찜찜한 게 뭐였죠?"

김도형 씨는 초조한 듯 목소리가 커진다. 남자의 송충이 같은 눈썹이 꿈틀, 움직인다. 그는 카메라 쪽으로 상체를 숙이며 말한다.

"아무리 연립이라고 해도 방은 다섯 개가 전부였거든. 옥탑까지 치면 여섯 개고. 그런데… 거기에서 사는 사람이 아무래도 수십 명은 돼 보이는 거야! 어떤 날은 내가 보이는 족족 셌다니까! 근데 다 다른 얼굴이야. 출근 시간에 남자 여자 다해서 아주 그냥 서른 명 정도가 연립에서 나오더라니까. 말도 마! 서른 명이면 그런 연립 세 채는 더 있어야 해! 옥탑방에는 관리자인지 뭔지 하는 여자 혼자 살았다고 하는데 나머지 청년들은 어디서 어떻게 붙어 자는지, 밥은 또 어떻게 먹고 씻는 건 또 어떻게 하는지, 도무지 모르겠더라고. 나중에 알게 된 건데, 그 좁은 단칸방에 열 명씩 밀어 넣고 살게 했다는 거야. 그러니까 합이 50이었어, 50! 30이 아니라. 그게 어디 집이야? 닭장이지! 안 그래?"

"그, 그러네요."

김도형 씨의 목소리가 이제는 파르르 떨린다. 남자는 말을 이어간다.

"알고 봤더니 한 방에 사는 사람들끼리는 너나없이

칫솔 몇 개를 돌려가며 썼다는 거야. 속옷까지도 네 거 내 거가 따로 없었대. 무슨 교도소도 아니고…. 하여간 그랬는데 그게 터졌지, 그거. 코로나.”

“코로나….”

김도형 씨는 남자의 말을 따라 한다.

“그때 기억하지? 다들 꼼짝도 못 하고 집에만 박혀 있어야 했잖아! 뭐 연립에 살던 청년들 다닌 회사라고 용빼는 재주가 있었겠어? 애들은 출근도 못 하고 어디 가지도 못하고 꼼짝없이 그 연립에 갇힌 거야. 뭐, 모르겠어. 거기서 코로나가 터졌다는 사람도 있고 그건 아니라는 사람도 있고 했는데… 지금에 와서 그거 따져봐야 뭣 하겠어. 안 그래? 그렇게 끔찍한 일이 벌어졌는데….”

“무슨 일이 있었던 겁니까?”

이제는 김도형 씨가 남자 쪽으로 상체를 쑥 내민다. 카메라에 그의 굽은 등이 비친다.

“화재. 불났다고. 가을이었어. 내가 그날을 똑똑히 기억해. 9월 11일! 절대 못 잊지. 그날이 우리 마누라 생일이거든. 아침이었는데, 누가 밖에서 그러더라고. 불이야! 그 소리에 벌떡 일어나서 나가보니까 세상에, 세상에 그 연립이 활활 타고 있더라… 이 말이지! 옛날에 지어진 집이 뭔 화재 예방이 되겠어? 스프링클러? 웃기는 소리지. 오히려 그 뭐냐, 내장재가 죄 발화 물질로 돼 있어서 마른 장작 타듯이 탄 거야! 시커먼 연기가 동네를 다 뒤덮을 정도였다니까. 소방차가 몇 대나 출동했는데도 불길을 못 잡았어. 동네 사람들 다 구경 나와 있는데 비명이 계속 들리는 거야. 그 안에 있던 50명이 오도 가도 못하고 불에 타면서 비명을 질러대는데… 지옥도 그런 지옥이 없었어. 아무튼 그날 화재로 그 자리에서만 스물둘이 죽었어. 나머지는 병원에 실려 갔는데 아마 거기 가서 죽은 사람도 많을 거야. 어쨌든 불에 새까맣게 탄 연립을 철거할 때 내가 슬쩍 봤거든. 어휴, 말도 마. 벽에 손톱자국이 어마어마하더라고. 쯧쯧.”

남자는 말을 끊고 고개를 절레절레 젓는다. 김도형 씨가 묻는다.

“그럼, 그 이후로 쭉 빈 땅이었다가 빌라가 선 겁니까?”

“그렇지. 그쪽 402호 총각이 사는 빌라가 세워졌어. 사실 몇 번 시도가 있긴 했어. 그런데 그때마다 안 좋은 일이 생기더라고. 인부가 죽고, 기계가 고장 나고 그랬지. 동네 사람들은 거기 근처로 다니지도 않았어. 뭘 자꾸 봤다는 거야. 그러고 보니 이런 소문도 돌았지. 난 못 봤는데… 연립 철거하던 인부가 발견했다는 거야. 노트 말이야, 노트. 용케 불에 안 탄 건지, 아니면 뭔 운명의 장난이었던 건지 하여간 그 노트에 빼곡하게 이런 문장이 적혀 있었다는 거지. **다 죽인다.**”

남자는 마지막 말에 힘을 준다.

영상은 거기서 끝난다.

동영상 재생이 끝난 후에도 넷은 침묵을 지켰다. 무겁게 가라앉은 공기가 네 명을 옥죄어왔다. 결국 더는 참지 못하겠다는 듯 B가 두 손을 들며 입을 열었다.

"자, 이제 확실해졌어요. 이 빌라에서 일어나고 있는 일은 모두 화재 때문이었어요. 그때 죽은 사람들이 원혼이 돼서 여기 주민을 괴롭히는 거죠."

"그래. 그건 나도 인정해. 근데 어째 너무 딱 들어맞지 않아? 이 영상 한 번에 모두 다 정리됐잖아. 그리고 이건 분명히 7월 26일에 찍었어. 김도형 씨가 우리에게 메일을 보내온 건 27일이고. 모든 게 밝혀진 순간에 김도형 씨는 왜 우리에게 도움을 청한 걸까?"

A의 물음에 B는 선뜻 대답하지 못했다. 다시 기나긴 침묵이 시작되려던 그때, 박해수가 말했다.

"5년 전의 화재 사건이 정말로 있었던 일인지 그것부터 알아봐야 하지 않을까요?"

"아! 그런 거라면 바로 검색해 볼 수 있죠!"

B는 그렇게 말하며 자기 휴대폰으로 검색을 시작했다. 얼마 지나지 않아 B가 "찾았다!" 하며 나머지 셋을 향해 휴대폰을 들어 보였다.

휴대폰 화면에는 포털사이트에 올라간 기사가 떠

있었다.

"연립주택 화재, 죄 없는 청춘들의 목숨을 앗아가다…. 제목만 봐도 그 사건인 건 알겠네."

A가 중얼거렸다.

"주소도 서울시 ○○구고, 여기 기사 게시일도 있어요. 2020년 9월 11일. 이 정도면 화재가 일어난 건 사실이네요."

B가 휴대폰을 끄면서 말했다.

"그러면 정리해 보자고. 과거 이 땅에 있던 연립주택에 불이 나 다수의 사망자가 나왔어. 그야말로 끔찍했을 거고, 죽어간 사람들은 엄청난 고통과 공포, 그리고 분노를 느꼈겠지. 이렇게 대규모 사상자가 나온 사고 현장에서 귀신이 목격되는 건 그리 드문 일이 아니야. 우리가 단체로 미쳐서 헛것을 본 게 아니라면 여기 있는 사람 모두 바로 그 귀신들과 마주한 거고. 맞지?"

한 명 한 명 눈을 마주치며 A가 말했다. 그러자 박해수가 대답했다.

“네. 맞아요.”

“좋아요. 그러면 다시 가봅시다. 이곳에 떠도는 원귀는 당연하게도 분노에 차 있지. 그래서 걸리는 족족 이상하게 만들거나 죽음으로 내모는 거야. 귀신의 원한에 차츰 물들기 시작한 여기 주민들도 변하기 시작했고, 그즈음에 김도형 씨가 조사에 손을 댄 거지. 그런데 여기서 중요한 게 있어. 두 가지 질문인데, 하나는 연립주택에서 단체 생활하던 청년들은 어디서 일한 걸까, 그리고 나머지 하나는… 김도형 씨가 어디로 사라진 걸까 하는 거지.”

A의 말이 끝나기 무섭게 B가 손을 번쩍 들었다.

“첫 번째 질문의 답은 알겠어요. 청년들이 다녔던 곳, 그러니까 연립주택을 산 그 회사는 아마 다단계였을 거예요. TV에서 봤거든요. 불법 다단계 업체가 싸고 허름한 집 빌리거나 사서 젊은 직원 모두 한곳에 재우고 도망도 못 가게 감시하는 거요.”

“저도 잘 알아요.”

박해수가 B의 말을 거들었다.

“나도 그렇게 생각해. 다단계 회사의 숙소였던 게 틀림없어.”

A 역시 동의했다. 그러자 B가 “아!” 하면서 다시 입을 열었다.

“아까 말했던 그 사람 있죠? 아마 김 작가님이 고용한 민간 조사원인 것 같은데 저랑 통화했던 분. 그 사람이 그랬어요. 서훈 유통이라고. 혹시 그게 다단계 업체 이름 아닐까요?”

“서훈 유통? 거기 검색 좀 해줘. 난 화장실에 다녀올게.”

“알겠어요.”

A는 그 말을 남긴 뒤 안방에서 나갔고, B는 다시 검색을 시작했다.

A: 보살님. 안녕하세요?

보살: 오랜만이네! 잘 지내고 있지? 여전히 귀신들 찾아

         다니고?

A: 네. 지난번에 자문해 주셨던 작품도 결과가 아주

         좋았습니다. 감사합니다.

보살: 나도 봤어. 그렇게 찍어서 보니까 내가 한 10년

         정도 젊어 보이더라고. 하하.

A: 그거 다행이네요. 그런데요 보살님, 오늘 연락드

         린 이유는….

보살: 위험한 일을 하고 있구먼.

A: 네. 맞습니다. 아무래도 상당히 위험한 상황에 놓

         인 것 같습니다.

보살: 자세한 이야기는 생략하고 핵심만 말해! 자네 주

위로 음기가 가득해. 이 정도로 강한 음기를 느낀 건 정말 오랜만이야.

A: 실은 사람이 많이 죽어 나간 터 위에 세운 흉가에 와 있습니다. 이미 이상하고 섬뜩한 일을 잔뜩 겪었는데….

보살: 자네한테 뭐가 붙었구나! 맞지?

A: 네…. 아무래도 귀신과 함께하고 있는 것 같습니다.

보살: 왜 그렇게 생각했나?

A: 처음엔 전혀 몰랐는데….

보살: 독한 영가일수록 사람과 똑같이 행동하지.

A: 네. 맞습니다. 아무튼 그 여자가 저와 제 동료들에게만 보이는 것 같습니다. 여기 사는 다른 사람들은 그 여자를 아예 보질 못하는 것처럼 행동했거든요.

보살: 흠. 독한 게 붙었네.

A: 제가 확신하게 된 건… 엘리베이터에 탔을 때입니다. 거기 거울이 있는데, 그 여자는 비치지 않았습니다. 제 모습만 보였습니다.

보살: 그것도 알고 있나? 자네가 눈치챘다는 거?

A: 모르겠습니다. 그런데 아마 곧 해를 입힐 것 같습니다. 어떻게 하면 좋을까요?

보살: 자네가 이렇게 겁먹은 모습 보이는 건 처음이군. 혹시 당장 소금 구할 수 있나?

A: 잘 모르겠습니다. 이 집에 일반 소금이 있는지. 찾아봐야 하는데….

보살: 아니야. 지금 상황이 급박하니까 임시방편으로 치약을 써.

A: 치약이요?

보살: 그래. 그걸 짜놓으면 얼마간은 거길 넘어오지 못할 거야. 그러고 그사이에 도망쳐야지.

A: 네. 알겠습니다. 꼭 다시 연락드리겠습니다.

보살: 이런!

A: 왜, 왜 그러십니까?

보살: 통화하면서 방금 쌀을 쥐었는데… 이렇게 나왔어. 자네 있는 거기에 무수히 많은 영가가 잔뜩 화난 채로 돌아다닌다고.

전화를 끊은 A는 서둘러 치약을 챙겨 주머니에 넣었다. 그런 뒤 거실로 나가려고 화장실 문을 열었다. 누군가가 화장실 앞에 서 있었다.

"헉!"

놀란 A가 그런 소리를 내며 움찔했다.

박해수였다.

그 여자가 무표정한 얼굴로 A를 보며 서 있었다. 왜 좀 더 빨리 눈치채지 못했을까…. A는 그걸 후회했다. 박해수는, 단 한 번도 눈을 깜박이지 않았다.

"화장실, 제가 써도 되죠?"

박해수가 물었다.

"네. 그럼요. 전 볼일 끝났습니다."

A는 그렇게 말하며 재빨리 옆으로 비켜섰다. 그때였다. 박해수가 A를 불러 세웠다.

"피디님."

"네?"

"도형 씨 찾는 거 끝까지 도와주실 거죠?"

"물론이죠. 그러려고 왔는데요."

“알겠어요. 고맙습니다.”

박해수는 그 말을 남긴 채 화장실로 들어갔다. A는 목구멍을 비집고 튀어나올 것 같은 심장을 애써 진정시키며 안방으로 향했다. 어쩌면 지금이 기회일지도 모른다. 박해수가 자리를 비운 이때 서둘러 이곳을 빠져나가는 거다. 퍼즐의 나머지 부분은 언제라도 맞춰볼 수 있다. 굴다리가 잠겨 이동할 수 없다 해도 주차장으로 내려가 차 안에 있는 건 가능할 것이다. 그리고 그편이 훨씬 안전하리라. A는 짧은 순간에 여러 생각을 떠올렸다. 하지만… 뭔가가 찜찜했고, 그게 뭔지 확실히 파악하지 못한 채 안방으로 들어갔다.

그러고 다음 순간….

“으윽!”

A는 터져 나오려는 비명을 입술까지 깨물며 간신히 참았다. 안방에는 처참한 광경이 펼쳐져 있었다.

B가 죽었다. 한눈에 알 수 있었다. B는 의자에 목을 기댄 채 천장을 보고 널브러져 있었다. 왼쪽 두개골은 완전히 으깨졌고, 튀어나온 안구는 책상에서 뒹굴

었다. 크게 벌어진 상처 사이로 피와 뇌수가 뒤섞여 줄줄 흘러내렸다. 바닥에는 B를 처참하게 뭉갠 흉기가 떨어져 있었다. 카메라였다. C가 애지중지하던 바로 그 카메라. C는 어디로 갔는지 보이지 않았다.

"젠장…."

호흡이 거칠어졌다. 아무리 마음을 가다듬으려 해도 그럴 수가 없었다. A는 자기도 모르게 슬금슬금 뒷걸음질 쳤다. C는 어느 순간에 변한 걸까? 대답할 수 없는 질문만 둥둥 떠올랐다. 컴퓨터에서는 B가 찾았을 뉴스 영상이 흘러나오고 있었다. 얼핏 서훈 유통이라는 말이 들렸지만 A는 서둘러 돌아섰다.

이제는 도망쳐야 할 때였다. 하지만 너무 긴장한 탓인지, 아니면 충격을 받은 탓인지 무릎에 힘이 풀리고 말았다. A는 아무런 저항도 못 하고 털썩 주저앉았다. 그래도 이곳을 벗어나야 한다는 생각은 사라지지 않았다. 그는 엉덩이걸음으로 거실을 지났다. 그때였다. A의 눈에 뭔가가 들어왔다.

소파 밑에 숨겨놓은 듯한 무언가가.

안녕하십니까? 2020년 9월 18일, 오늘의 사건 사고 시작하겠습니다.

정확히 일주일 전이죠, 우리를 충격에 빠뜨렸던 연립주택 화재 사건의 핵심 인물이자 생존자인 박 모 씨가 오늘 아침 싸늘한 주검으로 발견됐습니다.

극단적인 선택을 한 박 모 씨는 어제까지도 경찰의 조사를 받고 있었던 것으로 알려졌습니다. 박 모 씨가 자신의 죄를 인정했는지는 아직 밝혀지지 않았습니다. 다만 박 모 씨가 사망함에 따라 연립주택 화재 사건 수사는 난항을 겪게 되었습니다.

30대 여성인 박 모 씨는 서훈 유통, 그러니까 청년들을 합숙시킨 불법 다단계 업체의 총책으로 알려졌습니다.

대외적으로는 인사팀장이었던 박 모 씨는 청년들을 유인해 불법 다단계에 빠뜨리는 일을 주도했으며 화재가 난 연립주택 합숙소를 직접 관리했다는 증언 역시 나오고 있습니다.

저희가 단독 입수한 화재 사고 생존자의 증언에 따르면, 합숙소 생활은 지옥과도 같았습니다. 특히 화재 발생 일주일 전부터는 합숙소 안에 코로나19 환자가 다수 발생하면서 통제하기 힘든 아비규환의 상태가 되었다고 합니다.

청년들은 박 모 씨에게 적절한 치료와 도움을 요청했지만 거부당했다고 합니다. 합숙소에 있던 청년들은 급기야 탈출을 도모했는데, 안타깝게도 그날 화마가 모든 걸 휩쓸고 지나갔습니다.

집단 발병과 탈출 시도를 한 번에 잠재운 화재, 이것은 과연 우연한 일이었을까요? 아직도 정확한 화재 원인이 밝혀지지 않은 가운데 유력 참고인이자 용의자인 박 모 씨가 사망함에 따라 사건은 미궁에 빠지게 되었습니다.

한편, 서훈 유통은 해당 사안에 대해 박 모 씨가 독단적으로 처리했다며 책임을 전가하고 있습니다. 경찰은 모든 가능성을 열어놓은 채 계속 수사하며….

[동영상]　　　　**0726.mov**

(거친 숨소리)

카메라를 켤 상황이 안 돼 노트북에 대고 급히 녹화합니다.

전 지금 매우 위험한 상황에 놓였습니다.

(주위를 두리번거린다)

이곳에서 과거에 어떤 사건이 있었는지는 알았습니다.

하지만 뭔가 이상하다는 걸 깨달았습니다.

(숨을 몰아쉰다)

부동산에서 돌아온 뒤 이 빌라 계약서를 다시 확인했는데, 이제는 연락이 닿지 않는 건설사 이름이 바로 '서훈 건설'이었습니다.

이게 과연 우연일까요?

이상한 건 또 있습니다.

부동산 사장은 제게 402호 총각이라고 했습니다.

하지만 전 한 번도 제가 몇 호에 사는지 말하지 않았습니다.

사장은 어떻게 이 집을 알고 있는 걸까요?

게다가….

(새 지저귀는 소리)

(흠칫 놀란다)

저, 저 소리 들립니까?

누가 자꾸 초인종을 누릅니다.

아까부터 거의 5분 간격으로 초인종 소리가 들립니다.

처음엔 누군지 궁금해서 인터폰으로 확인했습니다.

낯선 여자가 문 앞에 서 있었습니다.

자기가 제일 꼭대기 층 602호에 사는 사람이라고 말하며 할 이야기가 있으니 문 좀 열어달라더군요.

그런데 그건 말이 안 되는 이야기였어요.

602호는 쭉 빈집이었으니까!

전 인터폰을 끄고 돌아섰습니다.

귀신은 누군가가 문을 열어주기 전에는 함부로 들어오지 못한다는 말이 생각났기 때문에 절대 열어줄 생각이 없습니다.

하지만… 하지만….

(주위를 두리번거린다)

웃음이 계속 들립니다.

키키키키.

그 소리가 점점 더 크게, 그리고 가까이서 들리고 있습니다.

이제는 방법이 없습니다.

도망쳐야 할 것 같습니다.

저는 끝났습니다.

(흐느낀다)

(새 지저귀는 소리)

자꾸 절 찾네요.

도망쳐야 하는데… 자꾸 절 찾으니….

(알아듣기 힘들다)

이제는… 할 수밖에….

이미 끝….

(웃는다)

(웃는다)

(웃는다)

키키키키키키.

A는 소파 밑에서 찾은 김도형의 노트북 속 영상을 확인했다. 그는 이미 402호에서 빠져나와 복도에 서 있었다. 머리가 어질어질했다. 계속해서 식은땀이 흘렀다. 모든 게 뒤죽박죽이었다. A는 안 돌아가는 머리로 겨우 한 가지 사실을 떠올렸다. 함정에 빠졌다는 사실. 그리고 덫에 걸렸다는 사실.

노트북을 옆구리에 낀 채 A는 계단을 내려갔다. 눈앞이 흐릿했다. 자칫하면 발을 헛디딜 것 같아 불안했다. 일단 1층까지만 무사히 내려간다면 도망칠 수 있으리라. 차에 타서 어딘가로 달린다. 목적지는 없어도 된다. 이 빌어먹을 빌라에서 멀어질 수만 있다면 기꺼이 가속페달을 밟을 생각이었다.

위에서 인기척이 들린 건 A가 막 3층 충계참에 들어섰을 때였다. A는 자기도 모르게 멈춰 서서 귀를 기울였다.

발소리가 들렸다.

저벅.

누군가가 계단을 내려왔다.

저벅.

저벅.

저벅.

순간 소리가 멈췄다. A는 알았다. 한 층 위의 존재 역시 가만히 때를 노리고 있다는 것을.

A는 조심스레, 거의 소리를 죽여가며 계단 하나를 밟았다.

그때였다.

다다다.

누군가가 계단을 달려 내려왔다.

"윽!"

비명을 참으며 A 역시 달리기 시작했다. 하지만 필사의 도주는 끝까지 이어지지 못했다. A의 다리가 꼬였다. 계단을 잘못 밟으며 그대로 구르고 말았다. 크게 넘어졌지만 아프지는 않았다. 통증을 느낄 정신이 없었다. 명백하고 뚜렷한 사실 하나만이 머리를 때렸을 뿐이다.

죽는다!

A가 똑바로 몸을 뒤집은 것과 C가 덮쳐 온 건 거의 동시였다.

"죽인다!"

C는 번들거리는 눈으로 A를 노려보며 목을 졸랐다. 두툼하고 거친 손가락이 A의 목을 강하게 파고들었다. C의 입에서 흘러내린 침이 A의 얼굴에 뚝뚝 떨어졌다. 쌕쌕 거친 숨을 내쉬면서도 C는 계속 떠들었다.

"죽인다! 죽인다! 죽인다! 죽인다! 죽인다! 죽인다! 죽인다! 죽인다! 죽인다! 죽인다! 죽인다! 죽인다! 죽인다! 죽인다! 죽인다! 죽인다! 죽인다! 죽인다! 죽인

다! 죽인다! 죽인다!”

A는 필사적으로 발버둥 쳤다. 하지만 C의 육중한 몸을 떨쳐낼 수 없었다. 숨이 막혀왔다. 그때, A의 손에 떨어진 노트북이 닿았다. 그걸 움켜쥔 A는 온 힘을 다해 휘둘렀다.

퍽!

노트북에 머리를 맞은 C가 멈칫했다. A는 공격을 멈추지 않았다. 퍽퍽 소리가 복도에 울려 퍼졌다. 16인치 구형 노트북은 무척 무겁고 단단했다. C가 카메라로 B의 머리를 깬 것처럼 A 역시 같은 기세로 노트북을 휘둘렀다.

퍽!

퍽!

몇 번째인지 모를 공격이 이어지고, 드디어 C가 휘청했다. 그의 왼쪽 머리는 이미 피범벅이었다. A는 괴성을 지르며 계속 공격했다.

“으아아!”

노트북이 박살 났다. 동시에 C가 기우뚱하며 천천

히 무너져 내렸다. 드디어 풀려난 A는 벌떡 일어나 다시 계단으로 향했다. C의 머리에서 쿨렁쿨렁 쏟아져 나온 피가 A보다 먼저 계단을 타고 흘러내렸다.

"피디님."

박해수의 목소리가 들린 건 바로 그때였다.

"피디님."

다시 불렀다. A는 무시하고 계단을 내달렸다. 그때마다 복도 센서 등이 켜졌다가 꺼졌다.

"피디님."

박해수는 끈질기게 A를 찾았다. 친근하고 부드러운 목소리로. 선한 사람의 가면을 쓰고 먹잇감을 찾아 돌아다니던 그 옛날의 인사팀장은 지금도 같은 일을 반복하고 있었다.

1층에 내려섰을 때 A는 이미 기운이 다한 상태였다. 공동 현관까지 불과 3미터 정도 거리인데도 다리가 움직이지 않았다. 박해수의 목소리가 들리지 않는다는 건 그나마 다행이었다. 그래도 움직여야 한다고, A는 생각했다.

띵.

이번에는 엘리베이터 소리가 들렸다. A는 흠칫 놀라며 뒤를 돌아봤다. 엘리베이터 문이 열렸다. 온몸을 얼어붙게 하는 차디찬 기운이 확 몰려왔다. 다음 순간, A의 머리 바로 위에서 박해수 목소리가 들렸다.

"찾았다! 키키키키."

박해수가 위쪽 계단 난간에서 아래로 상체를 길게 뺀 채 A를 내려다보고 있었다.

"으악!"

A는 이번에야말로 비명을 참을 수 없었다. 그는 남은 힘을 쥐어짜 현관으로 달렸다. 문이 스르르 열렸다. 그 문을 통과하기 전, A는 바지 주머니에서 치약을 꺼냈다. 그러고는 공동 현관 입구에 가로로 쭉 짰다. 그 일을 마치자마자 A가 밖으로 몸을 날렸다. 스르르. 이번에도 그런 소리가 들리며 문이 닫혔다.

"헉헉."

숨을 몰아쉬며 A는 뒤를 돌아봤다.

박해수가 현관문 바로 앞에 서서 미소 짓고 있었

다. A를 향한 미소였다. A는 똑똑히 봤다. 박해수의 입 모양이 변하는 것을. 그건 이렇게 말하고 있었다.

죽인다.

A는 거의 제정신이 아닌 채로 운전대를 잡았다. 그런 것치고는 용케도 사고를 내지 않고 폭우 속을 달려 이내 문제의 굴다리에 도착했다. 그곳은 멀쩡했다. 물에 잠기지도 않았고 그럴 기미도 안 보였다.

"다 거짓말이었어… 다 거짓말."

중얼거리며 A는 가속페달을 밟았다.

로즈 힐 빌라는 빠르게 멀어졌다.

A가 마지막으로 본 것은 룸미러에 비친 로즈 힐 빌라 모습이었다. 모든 집마다 불이 환하게 켜졌고… 검은 그림자들이 창가에 우뚝 서 있었다. 그건 A를 배웅하는 듯도 보였고, 아니면 애타게 부르는 것처럼도 보였다. 그것도 아니라면… 집에 갇혀서 울부짖는 것처럼 보이기도 했다.

A는 결국 울음을 터트렸다.

A의 신고로 출동한 경찰은 로즈 힐 빌라에서 B와 C의 시체를 찾았다. 하지만 김도형 씨는 끝내 발견하지 못했고, 빌라 주민의 증언 역시 확보하지 못했다. 그 결과 A가 두 건의 살인에 대한 유력 용의자가 되었다. 천만다행으로 카메라에서는 C의 지문만 나와서 A가 진술한 내용이 신빙성을 얻었다. 물론 박해수의 존재도 찾을 수 없었고, 귀신의 여부 같은 건 밝혀지지 않았다. A 역시 그렇게 될 걸 알았기에 경찰에게 심령현상과 관련한 이야기는 안 했다고 우리에게 말해주었다.

다행히 구속 수사를 면한 A는 휴직 신청을 했고 우리는 받아줄 수밖에 없었다. A가 말한 내용들, 그리고 김도형 씨를 통해 얻게 된 정보를 바탕으로 우리는 로즈 힐 빌라에서 무슨 일이 벌어졌는지를 대략 파악할 수 있었다. 다만 그럼에도 몇 가지 의문점은 있었다. 특히 B의 죽음 이후부터는 순전히 A가 말해주는 이야기에 의존할 수밖에 없었기에 더욱 그랬다. 우리는 A가 진실을 말했으리라 믿으면서도 한편으로는 당시의 상황상 착각하거나 놓친 게 있지 않을까, 궁금했다.

그래서 우리는 크로스체크 겸 다른 정보도 얻기 위해 김도형 씨가 인터뷰했던 부동산 사장을 찾아갔다. 하지만 서훈 부동산은 이미 폐업한 후였다. 주위 사람들 증언에 의하면 문을 닫은 지 꽤 오래되었다고 한다. 사장의 행방은 누구도 알지 못했다.

2020년 9월 11일의 화재는 분명히 일어난 사건이었다. 그건 몇 번이나 확인했다. 그러나 자살한 박 모 씨가 박해수인지는 알 수 없었다.

로즈 힐 빌라의 경우 그 사건으로부터 몇 개월이 흐른 지금까진 딱히 위험한 일이 더 발생하지 않았다고, 우리는 파악했다. 그곳엔 여전히 사람이 살고 있다. 흉흉한 소문이 돌아 집이 더 안 팔린다고 동네의 다른 부동산 관계자가 말해주었다.

우리가 품은 가장 큰 궁금증은 7월 27일에 메일을 보낸 김도형 씨가 진짜 김도형인지 아닌지 하는 것이다. A가 봤다는 노트북 속 영상 내용에 따르면 김도형 씨는 이미 26일 토요일에 사라졌다고 판단하는 게 옳았다. 물론 그것 역시 오롯이 A의 말에 의존할 수밖에 없었는데 그래도 우리는 더 자세히 대화를 주고받으며 유의미한 정보를 얻으리라 기대했다.

하지만….

A는 사망했다.

자기가 살던 빌라에 스스로 불을 질렀고 그 방화로 A는 물론, 입주민 셋이 불에 타 죽었다.

새까맣게 탄 A의 시체 옆에서 발견된 건 라이터였다. 몸체가 반쯤 녹은 빨간색 라이터.

우리가 이 사건을 가명까지 써가며 공개한 이유가 바로 A의 죽음에 있다. 로즈 힐 빌라와 관련한 여러 건의 사망 사고는 결국 그곳의 존재와 실체를 아는 모든 이에게 영향을 미쳤다. 이 모든 게 정말로 저주 때문인 걸까? 아니면 끔찍하게 죽어간 이들의 원념이 작용한 걸까? 명확하게 밝힐 수는 없지만 하나는 확실하다.

어두운 비밀을 드러내 양지로 이끌어내야 한다는 사실.

죽은 A도 아마 그걸 원했으리라.

그리고 사라진 김도형 씨도.

죽은 무당이 말했다. 저주는 방사형으로 퍼져 나간다고. 그렇다면 바로 그 핵심을 제거해야 저주가 사라진다는 뜻이다. 그래서 우리는 앞으로 서훈 유통에 대해 계속 알아볼 계획이다.

고인이 된 이들의 명복을 빌며 이 기록을 **일단** 마친다.

추가)

　지금껏 이야기를 펼치면서 '우리'라는 일인칭 대명사를 썼다. 이 기록을 작성한 이는 한 명이지만 그 사람을 특정하지 않은 이유는 역시 저주 때문이다. 원념이 깃든 사악한 저주가 자칫 이야기를 남긴 이에게까지 닿지 않길 바랐기에 우리라는 대명사 뒤에 숨을 수밖에 없었다.

　하지만….

　최근 며칠간 우리 모두에게 발신번호 표시제한으로 몇 통의 전화가 걸려 왔다. 받으면 항상 같은 소리가 들린다.

　키키키키.

　어쩌면 그것이 우리에게까지 마수를 뻗어온 걸지도 모르겠다.

　저주는 방사형으로 퍼지니까….

죽은 집에 관한 기록

초판 1쇄 인쇄	2026년 1월 23일
초판 1쇄 발행	2026년 1월 30일

지은이	전건우

총괄	김명래
책임편집	김혜정
디자인	studio forb
책임마케팅	최혜령, 박지수, 도우리, 양지환
마케팅	콘텐츠 IP 사업본부
해외사업팀	한승빈, 박고은

경영지원	백선희, 권영환, 이기경, 최민선
제작	제이오

펴낸이	서현동
펴낸곳	㈜오팬하우스
출판등록	2024년 5월 16일 제2024-000141호
주소	서울시 강남구 테헤란로 419, 11층 (삼성동, 강남파이낸스플라자)
이메일	info@ofh.co.kr

ⓒ 전건우 2026

ISBN 979-11-7577-143-7 (03810)

한끼는 ㈜오팬하우스의 출판브랜드입니다.